牧羊海子没有海

阿 昕◎著

中国言实出版社

图书在版编目（CIP）数据

牧羊海子没有海 / 阿昕著. — 北京：中国言实出版社，
2022.12
ISBN 978-7-5171-4155-6

Ⅰ. ①牧… Ⅱ. ①阿… Ⅲ. ①长篇小说－中国－当代
Ⅳ. ①I247.5

中国版本图书馆CIP数据核字（2022）第226716号

牧羊海子没有海

责任编辑：张馨睿
责任校对：宫媛媛

出版发行：中国言实出版社
　　　　地　　址：北京市朝阳区北苑路180号加利大厦5号楼105室
　　　　邮　　编：100101
　　　　编辑部：北京市海淀区花园路6号院B座6层
　　　　邮　　编：100088
　　　　电　　话：010-64924853（总编室）　010-64924716（发行部）
　　　　网　　址：www.zgyscbs.cn　电子邮箱：zgyscbs@263.net

经　　销：新华书店
印　　刷：济南精致印务有限公司
版　　次：2023年1月第1版　2023年1月第1次印刷
规　　格：880毫米×1230毫米　1/32　7.5印张
字　　数：180千字

定　　价：58.00元
书　　号：ISBN 978-7-5171-4155-6

目 录

|目 录|

奔　赴

一个人的艰难亦是一众人的艰难，一众人的艰难汇成一方土地的艰难，一方土地的艰难又汇聚成一个民族的艰难。大河浩荡里的一溪细水真身难辨，它到底却流过。

二十七万平方公里的土地，有着梦幻美丽的名字：阿拉善。蒙语赋予它"五彩斑斓之地"的美誉。我不知缘何这样称呼起来，是溪水涓流或者碧空皓净的蓝盈盈，是草茵铺地或者重峦叠嶂的绿茸茸，是果实芬芳遍野或者作物醇熟枝头的黄晶晶，是羊群漫坡吃草或者云朵从仙境降落的白团团，还是深埋璀璨宝石或者焰火夜夜涌动的红澄澄？生斯长斯，诗意美境倒罕见，斑斓之地确是这样存在着：春天万物不见长，夏天烈日当空旱，秋风吹成黑老婆，冬天百米不见人。或者别看那些你没见过的吧，尽说一方水土一方人，光看我们这人，斑斓也是写在脸上的。坐在院里土烘烘的地上耍沙嘎[1]的娃娃脸上清一色皴着两坨揩

---

1 沙嘎蒙语意为"踝骨"，是从猎物与家畜骨架上获取的拐骨。沙嘎游戏是一种种类多、内容丰富、历史悠久的蒙古族传统游艺项目。

不去的红，风沙在老阿爸面庞砍下一道道纵横深凹的黄色沟壑，青年澄净的眼睛因为倒影无数次而逐渐蒙上的天蓝瞳色，大姑娘被紫外线层层镀过的黑皮肤衬着不那么白的牙齿格外干净明亮，姐姐割草料的手指被晕染成根根绿色。这样的五色缤纷，不过是人生命从开始到结束极其艰难的表面之象。生活无阻的二十一世纪，谁能想象，除却社会属性上的艰难，还有在寻常生活中为求得一席生存而步履维艰的人们。远古时期额济纳地区的居延海弱水流聚，水草丰美，庄子在此逍遥升仙。三千弱水汇集之地曾繁华富庶，如日中天；又曾兵刃相见，推倒世界历史的多米诺。水渐消，沙弥盖，闻名的汉代居延属国，神秘的西夏黑城重镇，在羌笛胡箫声中隐于遮天蔽日的黄沙。唯剩枯树怪林，古郡残垣，瀚海鸣沙。历史汤汤，蒙古族土尔扈特部落的根系却扎下来，以从未想过要离开的方式，扎得深一点，更深一点，为汲一口水奔波向地心，几百里在所不辞。他们面临自然属性和社会属性的双重刁难，依然绵延，依然旺盛。那烈日烤不干、狂风吹不散、大雪压不垮的倔强，在自己的土地上蜿蜒流长，最终汇进时光的河流，与岁月一道闪闪发光。

内蒙古最西部的阿拉善，在自治区盟市中占地面积最大而人口最少。阿拉善最西部的额济纳旗[1]，在自治区区县中占地面积最大而人口最少。十平方千米一个人，在额济纳旗巴丹吉

---

1 蒙语意为：先祖之地，以下有些地方简称"额旗"。

林沙漠的夹缝中生存。世界第四大沙漠在额济纳绵延流动，将那些在无人知晓的角落，轰轰烈烈活着的、稀稀拉拉的生命贯连。额济纳旗牧羊海子曾是三千弱水之一，幽深清冽的海子晶莹剔透，芦苇摇曳，大雁起舞，绿丛扭腰仃在静水畔，微风荡起阵阵波纹。时过境迁，黄沙丝缕渗入，牧羊海子这颗镶嵌在黄沙的绿洲猫眼石愈渐消瘦，后来也许是被哪个惜宝的天神悄悄采走，牧羊海子就变成裹挟着泥泞的小水洼。再为戈壁，终为流沙。

不知道从哪时起，蒙古族人民对牧羊海子的记忆只有雪与沙，严寒与炽热，廓大与渺小。每一辈人不厌其烦地问上一辈：海子里有过水吗？怎么没的？没有哪个老者说明白过，毕竟对他们的祖先来说一样是未解之谜，诚实令他们语塞，也令他们忠于过去。

2009 年。今年的冬天，还是四五个月这样漫长，日子却是 60 年来最特别。

冬月已近，温度计再见不到爬上过零下二十度，但零之下的二十度、二十五度、三十度、三十五度、四十度、四十五度的数值却像被人随心扒拉着的算盘籽，忽高忽低，忽上忽下，任意跳动。零下三十多度穿去年的冬衣就可，零下二十度就觉气温回暖要脱掉身上的驼毛坎肩，零下四十度又得套上两条棉猴子。干冻了一个月，空气中没有丝毫的水汽。每次呼吸，鼻

子内壁像被人从鼻孔到鼻根用铁丝刺儿呲喇呲喇地刮过，一阵生疼。今年夏天就旱得要了牧民的命，牧羊海子渴得可怜，人渴得驼了背，脊柱像折断的树枝；五畜渴得嘴在大地的土坷垃上蹭出血迹，无奈从干草料里嚼巴水分；植被渴得更像几千年的嶙峋怪石，瘦削削的，要把天空叉个缝求点雨。这一年可真是怪了气的，冬天恫人，夏天吓人，今年整个额济纳降水总量不到 20 毫米，蒸发量又不留情地爬上 3700 毫米高值。

巴尔虎走下哨位，扭了扭冻红的鼻子。随着鼻子的左右摇摆，冻得晶莹的鼻涕冰柱"咔嚓"一下与鼻头分离，断裂跌落。要把入冬以来哨兵们跌落的小冰柱连起来，估计能绕营区一圈了。巴尔虎摘下手套，屋里的暖气让冻在鼻子里的冰瞬间化水，"呵儿——呸"，鼻涕在鼻腔里极速下沉，经过嗓子的酝酿变成痰，喷射在火炉边沿，痰在焦灼下一阵惊慌，不多几秒四周就皱起，缩成一个圆圆小小的姜黄色干片儿。巴尔虎把圆片弹进炉子，往火舌喷突的炉架坐上一壶沉甸甸的水。坐下来，逐渐感知到温度的腿开始酥麻瘙痒。巴尔虎挠着腿往窗外看，冰花的空隙映着营区不远处的一塘子芦苇，芦苇不知是哪段有水的历史遗留物，冻僵了，但还是本性地摇曳着，似乎也觉得痒。

"好家伙，这个天可真硬。"土生土长在这里的巴尔虎，从出生起没见过冬月里不下雪的巴丹吉林，更没见过一地在两昼夜内飘忽着十几甚至二十几度的温差。这个冬天真真儿不仅硬，还硬得反常。单穿一件毛衣的哈拉也刚下哨，一步三跳跳进屋里，一个箭步跨到火炉前，窸窸窣窣搓着手。

"这么冻的天，你军大呢？"巴尔虎把冒着热气的搪瓷缸递给哈拉。"军大给下一哨了，他把我的军大和他的军大叠在一块穿呀，说冻得扛不住了。"门口岗哨果然有一个战士在风中肿成一只迷彩气球，气球之上顶着圆圆的脸，心满意足地笑着，一柱鼻涕冰跟着颤巍巍。

宿舍里一阵冷风灌进来，震得玻璃呼啦作响。蹲在火炉上烤火的哈拉刚要回头看看是哪个"走城门"不关门，一个巴掌已经打在他的后脖颈上。"哎哟！"哈拉的双手与"呜呜"叫唤的水壶原本保持着似触未触的微妙距离，因这一巴掌被打破，烫得哈拉触电般往后撤。

"手不要了？刚进冬天就想长冻疮了？当多少年兵了还不知道规矩！下了哨立马就烤上火了？"巴特一边数落一边在抽屉里翻找药膏。"连长，你找我是？"哈拉走过去，怯怯地问。巴特站定想了想，又一巴掌打在哈拉脖颈上。"让你小子扰得差点忘了。那骆驼咋不喂，今天是不轮你喂了！看那槽子空的，他们不冻？他们不饿？""哦哦哦……"哈拉刚要解释自己准备穿上大衣再去，巴特手一摇，见巴尔虎也正蠢蠢欲动，"快去，你，你也去，我也去。"又一阵冷风灌满，宿舍门拍上了。三个人在驼棚里搬草料，巴特还嘟嚷着："动作快点喂，

看把骆驼饿成啥了都。"直到骆驼都俯身在石槽子里环动着下颌，巴特才拍去手上的杂草停下来。

军驼队营区坐落在牧羊海子的西边，是个四四方方、坐北朝南的院落。营区只一个南门，进来就看见两排砖砌平房横拉开来。为防雨雪风沙，营房有一扇铝皮门，进门一米处便是东西向的一条走廊，各个房间的门就南南北北地相对在走廊两边，走廊的最东头和最西头分别是连长和指导员的房间。除了营房，营区靠东和西两个砖围墙边，各竖排着一溜儿库房存储物资。个中排房加起来，也只占了营区南二分之一的面积。越过第二排营房，另一半天地才显露出来。草原上流传着一句谚语：一峰骆驼一座靠山。骆驼是军驼队的靠山，北边的靠山最稳最长久。驼棚的地理位置既是骆驼身高所致，又彰显着骆驼在军驼队的特殊地位。一间高大宽敞的驼棚被干木头和铁丝交织围起来，比整个营区高出半米，顶天顶地站着。棚北紧贴着营区北面围墙，建棚时东西各留出十米空地。如今军驼队官兵在驼棚西侧修了一间没有窗户的仓储间用来存放草料和器具。驼棚居北且高，军驼队骆驼为大，因为这营盘上，兵是流动的水，骆驼是常驻军。这些骆驼按照当"兵"的时日，有的可算是军士长了，战士们都得喊一声"驼班长"。边防连军驼队自有三十峰骆驼，这是上级从新中国成立起给连队定下的编制，迎新送老，骆驼永远是三十峰，数量从未改变。沙漠有绿洲，就有人类生存；沙漠有骆驼，生命的气息就愈发浓烈，因为骆驼是移动的绿洲。沙漠中只要有生命，哪怕是一棵草都会收到赞美和祝福，何况骆驼这样壮大的生命。造物主五千年前的神奇，在于它点化骆驼作为野种被人驯化的约定，让生死皆属于沙漠的骆驼终于与人为伍，与人同命共存，让沙漠、骆驼、人一道出现组成的完整景致映画在人类对于沙漠的所有想象中，缺一不可。驼铃响过几千年，无论巴丹吉林的沙山在经年累月的风沙中，堆砌怎样前所未有的高度，骆驼仍然是沙山顶上顶，是沙山的最高峰。骆驼在这里不再是简单的"沙漠之舟"交通工具，它嵌入在牧民生活，几乎成为人们赖以生存的生命线。

牧羊海子在额济纳旗旗政府所在地达来呼布镇的东偏南40公里处，占地面积6万平方千米，人口只有100人左右，是巴丹吉林沙漠居民数量最少的嘎查[1]。沙漠适合人居住的土地只在沙漠边缘和有小片绿洲的地方，居住者寥寥。牧羊海子像一个规整的小型棋盘，把二十多户家庭、二十多座砖瓦房整整齐齐地码在沙漠边沿，其余大片的广袤土地是无人区，由沙子做主人。它们蔓延铺展，用数以亿计的巨大家族霸占着这个行政区最大的面积。但"沙漠"与"海子"，这样两个不相兼容、互相吞并的概念，本土居民对身处的家乡早已轻得难以察觉，重得无法摆脱了，叫"海子"也好，称"沙漠"也罢，都

奔赴

---

[1] 蒙古族的行政村。

是他们生之所出、终之所归。可是对于新鲜血液，从陌生到熟悉的道路上误解重重。

边防连军驼队的战士哈拉是满族，生活在沿海城市丹东，从小枕在水上长大。抱着满蒙一家亲的想法，哈拉三年前当兵志愿填写在了内蒙古。得知自己被分在蒙古族聚居区，哈拉高兴得一晚没睡。但是两千公里的长途跋涉，将哈拉夸张膨胀的喜悦一点点从他体内抽空了。哈拉经历了火车的 4 次换站，坐车、等车、再坐车、再等车……终于走出一个跟门市部门面一样大的火车站，他迫不及待放下行李、活动躯干。可还没有在这西北大地肆意伸展腿脚，就被扔进拥挤的大篷车后厢。哈拉伴着车厢子里残留的动物毛皮的膻味和草料土腥味摇晃了 24 小时，经历了无数次蹲久腿麻、坐久屁股疼、跪久膝盖抽筋、蹲久再腿麻的翻来覆去，正当他终于看见一栋嵌着八一五角星的两层矮楼，他顺着身体的颠簸惯性滚下车厢，拖着松软疲沓的双腿踏上台阶。可没等站稳，他又被一把扶上了跪着的骆驼。哈拉本以为总算到达终点站，可眼下又坐上了一种新奇的交通工具。只见站在骆驼下面的人拍了拍骆驼屁股，说了句："牧羊海子的兵，走。"骆驼站起来的刹那，双峰之间的哈拉在失去平衡的边缘随着骆驼前后摆动，一声虚弱又真实的"啊——"从胸腔里挤出来，同时挤出来的，还有膀胱里的液体。据哈拉后来解释，他从小就有恐高症，骆驼毫无防备地把他托举到两米多高的空中，吓坏是正常的。而每一次这样的"洗白"都引发战友中间更嘹亮的哄笑。

哈拉摸了摸自己湿漉漉的裤裆，索性把头埋进驼峰。他已经不期待下一站是不是终点，况且沙漠里能有什么海，他只想睡觉。意外的是，这骆驼居然比火车和大篷车都舒服，它像一只高大的摇篮，哈拉就在毛茸茸里睡着了。等他被喊醒，发现骆驼已经跪在地上等待。连长巴特带着巴尔虎，人手一件哈拉的行囊，装满了远道而来的风尘仆仆。哈拉翻身下驼，腿一软也跪在地上。迷迷糊糊中喊了句"首长好"就赶忙爬起来。连长巴特抬手，眼见着手掌要呼上哈拉的脸，哈拉来不及反应，忙扭头闭眼。刚才看见哈拉的下驼姿势巴尔虎忍住没笑，这时候却"噗嗤"一声笑出来。"看你这哈喇子流的。"巴特的手揩了把哈拉的嘴角，而后往自己衣服上蹭了蹭，留下一道黏腻的湿痕。哈拉自知不好意思，抿了抿嘴，憋出一句："很高兴来牧羊海。"巴特也忍不住跟着巴尔虎一起笑起来。"咱是海子不是海啊。"说罢扛起行李往营房走去。从那时候起，哈拉和巴尔虎就一直被安排到一间宿舍。因为这里有太多历史和现在不为哈拉所知，而土生土长的巴尔虎，却是把这里的历史和现在都流淌在骨髓里的人。

心　爱

　　边防连军驼队的官兵，甚至算上连长和指导员，都没有人比巴尔虎对这个营区更熟悉。巴尔虎的土生土长，不仅仅是阿拉善或者巴丹吉林沙漠的土生土长，也不仅是在牧羊海子辖区范围内的土生土长，他是营区十米内土生土长的蒙古人。巴尔虎从坠地嗷哭的那一刻起，军号声就是他成长的伴奏了。巴尔虎家的院子在营区东边，家里没有人当兵，可家里却从来都与军驼队一道，听着军号声作息。婴儿巴尔虎刚学会坐的时候坐在院子里的摇摇车上看军驼队营区红旗的升降；学会走路以后没事就跑到岗哨边警戒线上，学着岗哨的样子敬个军礼；上学后每天除了嘴里习惯性地哼着军歌，每天早上巴尔虎还多了一项自己安排的工作：叠军被；再长大一点，每次军驼队环绕嘎查体能训练的时候，一件便装的运动服便成了队伍的尾巴，有时甚至超过队伍向前跑去。

　　最有力的征服是经年累月的坚持。营区与家近在咫尺，巴尔虎却恪守规矩，熟谙军驼队周边地形却从未踏足营院。入伍后，他在同年兵中像一个熟谙所有技能的老班长，从喊口令的日常琐碎起就是表率。连队的荣誉室，巴尔虎的名字更是常常挂军事体能和军事素质列表的第一栏里，他觉得这是很自然的事，这有什么呢，近水楼台就该出类拔萃。

牧羊海子几乎家家户户都有骆驼，规模大一点的甚至是养殖骆驼专业户。巴尔虎家也养驼，但是只养了三峰。本来是有四峰的，有一头体弱早死，当年才满十岁的巴尔虎不吃不喝，蹲在骆驼旁守了两整晚，拽都拽不起来。牧羊海子上的牧民一代又一代不厌其烦地劳作生息，日子虽平淡如白水，平静如古井，但巴尔虎的举动却也着实轰动了——自打这里成为沙漠，还没有谁听说过为骆驼守夜的奇事。即便这里没有人不爱着骆驼、仰赖着骆驼，但也从没有这样的事。巴尔虎原打算守到骆驼尸体放不住了再起来，但是第三天夜里，以他因低血糖而晕厥为节点，沸沸扬扬的"守驼事件"终告结束。巴尔虎的额吉[1]乌日娜打那以后，再不许家里进来新的骆驼。死一峰骆驼，折儿子半条命。

剩下的三峰，乌日娜天天祈祷长生天保佑它们长命百岁，如她所愿，骆驼们一直健康地陪在母子俩身边。尽管巴尔虎看着邻居家和军驼队数量可观的骆驼直眼红，求着母亲再添几峰小驼，但是乌日娜坚持底线，对儿子每一次央告都冷面拒绝。

[1] 蒙语意为：母亲。

心爱

巴尔虎入伍前，一直绕着这三峰骆驼转。放了学从来没有跟同学出去玩过，不会弹溜溜，不会打片片[1]，抽烟喝酒更是没学会。唯一的娱乐就是骑上他最爱的叫宝力格的骆驼。

宝力格是死去的骆驼的儿子，因为成了"孤儿"而得到巴尔虎格外的爱惜。巴尔虎左右手还要各牵上另外两峰骆驼，离开嘎查，远远地骑上一天，到黑森陶勒盖去。那里是荒漠草原，有天然的草场。骆驼们饱餐一顿，储够一段时间的营养，再返程。每次带骆驼们出去一趟回来，巴尔虎的食量就变成骆驼的胃口，比平日里增加了两倍。一壶奶茶不够解渴，一盆糜米饭不够果腹，一锅羊肉才刚满足。

巴尔虎生在这极度干旱的沙漠，却单吃不得干粮。酪丹子[2]、茶食子[3]、奶豆腐、干肉，牧民经常携带外出的吃食，在他的胃里竟每次都落得不好消化，几次尝试的结果都是胃痉挛，疼得这个少言寡语的孩子一边乱喊一边满地打滚。嘎查卫生所都束手无策，乌日娜又叫不起救护车，只得求助军驼队，借用边防团机关的二零二零把他送进旗医院。为了长久地扼制胃痉挛，巴尔虎戒了干食，因此每一次带骆驼外出觅食，也成了对巴尔虎胃部的考验。他不吃干粮，只等着一天后回家的一

---

1 男孩子用游戏人物牌作为筹码的娱乐方式。
2 奶酪的一种，色锈黄，口感硬且微酸，有嚼劲，耐存放。
3 油炸的粗条状面食，方便携带和储存且饱腹感强，是蒙古族家庭常备的方便型吃食。

餐饱饭。每次巴尔虎都干饿一天，实在饿了就灌一肚子水。坐在尽享饕餮的骆驼旁边，他只能揪起地上带点甜味的芨芨草枝，嚼到没有味道就再换一根。沙漠上的烈日晒得人前胸汗刚干、后背又汗湿。巴尔虎离家的时候，身上散着的是羊肉味的汗。回程的时候，他头顶上飘着的只有自己青草味的汗和骆驼青草味的饱嗝。但巴尔虎乐在其中，听见骆驼打饱嗝，他总跟着学一遍，经常暂时性地忘记自己的饥肠辘辘。他后来逐渐理解额吉，没有更多的骆驼就没有吧，反正骑一峰骆驼、两只手再牵两峰骆驼刚刚好。再说，以后当了兵，营区里的几十峰骆驼，到时候也都在自己的麾下了。巴尔虎当兵的志愿除了军驼队的耳濡目染和对骆驼的期待和喜爱，还有很重要的一点，那是他从来没开口说过的，却是母亲多年心知肚明的隐痛。

巴尔虎的阿布[1]阿木尔，是额济纳旗甚至阿拉善小有名气的皮毛贩子。因他收得高、卖得低，百公里内的牧民都愿意找他交易皮毛。奇怪的是，巴尔虎是所有认识阿木尔的人里唯一一个不知道自己父亲职业的人。巴尔虎的童年时期正是阿木尔事业的上升期，大部分时间都在中蒙边境忙碌。内蒙古与蒙古国的边境线长近3200公里，阿木尔就奔波在这条细长的"致富线"上。满洲里、二连和策克三个陆路口岸，都曾有他那辆白色老皮卡吭哧吭哧吐出的黑色尾烟痕迹。一手被额吉带大的

_____
1 蒙语意为：父亲。

心
爱

巴尔虎每年只能在过年和夏天，父亲回阿拉善盟周边贩绒贩皮的时候，短暂地见父亲不到半个月时间。直到五岁他才学会把"阿布"这个词和阿木尔对应。五岁之后，巴尔虎对阿木尔有过很长一段时间的依赖期，每天对着额吉要阿布，乌日娜只是告诉巴尔虎，阿布忙着在边境做服装生意。巴尔虎爱惜父亲从边境带给他的新奇玩具，经常舍不得摸，满满地摆在柜子里只是看着，好像能从这些礼物里看到理解和爱意。成长的路上，他一直试着从情感上理解阿布。阿布应该是很忙，因为他卖的衣服真是多，每次回家皮卡车里的布袋子，多得能从车厢涌进驾驶座。

炽热的依赖期过后，青春期的巴尔虎对阿木尔的依赖像压扁的弹簧一样急剧收缩，他把自己依赖的重心都放在了这个家顶天立地的骆驼身上。他很少再想起称呼阿木尔"阿布"，似乎这个家就是以母子为单位，"阿布"只是远方的亲戚，定期来家里做个客。十四岁那年，多云的某一天，巴尔虎意外发现阿木尔开回家的皮卡车里流出半厢骆驼皮，心里的那根弹簧瞬间超限度反弹。

"这是啥！"巴尔虎的声音好像不是从嗓子里出来，而是从脑袋顶上是喷射出来。"皮……皮子嘛。"阿木尔没想到讷口少言的儿子，能发出这样如雷的吼声，这使他第一次觉得驼皮、皮毛、绒皮这些词语从嘴里说出来真是困难。他一边懊悔忘记给骆驼皮套上布袋子假装服装，一边快速搜寻这些年贩过的皮毛，有哪一种像骆驼皮而不是骆驼皮，好做一个搪塞的理由让儿子不那么难以接受。他知道，只要不说是骆驼皮，一切都还有挽回的余地。

乌日娜帮阿木尔瞒了十几年，万万想不到这次却再瞒不住了。巴尔虎二话不说，抓起车上瘫软的皮子走向宝力格，他温柔地给宝力格梳毛，又摸了摸手里的皮毛。它们有着一个族类特有的相似形色和味道。巴尔虎把手里的皮子往地上一摔，返身进屋，留下不知所措的阿木尔和乌日娜伫在院中间良久。强大的气流把院子和房屋远远隔开，正上方的天空不知为什么忽然暗下来。乌日娜的泪水奔涌而下，她瘫坐在地上，哭声撼得天也跟着她一起痛哭起来。一家三口人心里淌下的泪，都从乌日娜身上流出来了。他们都知道保守了这么久的秘密终于还是破碎，从此三个人的关系将如一层四处碎裂的薄冰，须得小心翼翼行走其上，而且再不会完整了。阿木尔从此更少回家，若不是有经常蹲在嘎查口闲耍的人见过一二，人们都认为阿木尔再也没回来过了。嘎查甚至飘着些流言蜚语：阿木尔常年在外早就有另一个家了，此行回来就是跟乌日娜离婚，乌日娜下雨那天震惊四下的嚎哭就是因为受到打击。牧羊海子指甲盖大的一片地，这几年，谣言不知在乌日娜和巴尔虎左耳右耳之间穿了多少个来回，但是乌日娜什么反应都没有。邻里的嘴是明晃

晃的针眼，看着尖细，其实并不是实的，是虚的针，没有线，更不带硬尖。你若管它，它便在你的每一次注目里刺刺刺地闪一闪你的眼。你要视而不见，它也就在你近处，不接触地发出一些尖细的光，再过一阵，针眼的光也就黯淡了。况且，假如真如流言所说，她还好受一些。与事实真相比起来，人们猜测的所有谜底已经足够仁慈。

乡亲的流言加重了巴尔虎对阿木尔深恶痛绝的砝码，他决定与父亲的世界一刀两断，既然阿木尔卖骆驼皮，那他就要这一辈子都跟骆驼在一起，保护骆驼。如果满盆满钵的钱都以生命为代价，他宁愿守着额吉去过清苦的日子。巴尔虎一切的断裂与连接都在寂静中爆发，在寂静中走向坚定。哭完那一场，额吉再没有跟他说起过什么。生活琐碎是母子二人的温情，但凡二人对这件事有一些涌上嘴边的话，偌大房子里的空气就一点点凝滞，气氛很默契地映照着他们的心思。加之巴尔虎不爱说话，更是再也没有触碰过这件事。他怜惜额吉的形单影只，但是只有等到十八岁，他才能为她和骆驼遮风挡沙。十八岁，他迫不及待长到了一米八五，迫不及待走进军营，迫不及待为这个因他破碎的家支起保护伞。

巴尔虎进了军驼队，就一直跟着巴特。早年间巴特刚到军驼队当兵的时候，就跟这个住在房后、天天跑过来看军驼的小巴尔虎认识了。巴尔虎从前骑着自己的宝力格跟着军驼队训练一整天，现在骑着以前他经常看望的军驼出去训练。从前他站在门口对着岗哨敬礼，现在他站在哨位跟对面的岗哨敬礼。从前他叫巴特大哥，现在只喊连长。从前额吉经常把他后脑勺的百岁辫编得规整顺直，现在他的百岁辫卷成圆环躺在内务柜里。巴尔虎从没有像哈拉有过身份和地域转变的不适，于他而言，面对的还是同一片沙漠和骆驼，享受的还是风雪和干燥。他每天埋头干自己的事，除了与巴特和舍友哈拉之间偶有交流，他几乎很少说话，很少有情绪流露，甚至没什么人见过他情绪有过波动，都只是平平的。也有战友曾经在一同外出的时候邀他一起去达来呼布逛集，但每次都是大家朝西走，巴尔虎朝东走。他不回家，他去昭华寺。自从他当了兵，额吉在家中无事，去了昭华寺做义工了。

　　巴尔虎走在冻得邦邦硬的干草地上，脚上踢踢踏踏都溅不起星点灰尘。这个冬天真是硬啊，没有雨水竟然都没有灰尘，尘与土黏连混合着，都趴在地上。"巴尔虎，去哪个呀？"一个明亮的声音从不远处不急不缓地荡过来。这个声音很熟悉，他刚想捕捉声音的出处，一抹玫红色倒映在巴尔虎眼仁里。

　　"去昭华呀额各齐[1]。""我上午看见乌日娜姨姨也往过走呢。"巴尔虎点头表示听见了。简单的对话把他搁浅了，他不知该往前走还是停下来唠两句，见塔娜掸掸袖子往院门口走

1 额各齐蒙语意为：姐姐。

心爱

来，他才站定，把自己身体掰向黛青塔娜[1]家的院子。

"找老喇嘛有事儿呢？"嘎查的人一般遇了事，无论好事坏事，难事杂事，都愿意去昭华庙里坐坐。哪怕是不说话，陪在老喇嘛旁边抽抽旱烟，咳嗽两声，这一天都好捱一些。见额吉和儿子都往昭华庙赶，塔娜不禁关切。

"额吉在那干活了，去了快两个月呀。"

"噢，那你快去哇。可久没见你啦，进队里挺好哇？""挺好的，额各齐。"巴尔虎挪了挪脚，直到黛青塔娜朝他摆手说改天再见，他才迈开步子往前走。走了几步巴尔虎心下反应过来，黛青塔娜已经离开嘎查快两年，只在夏天的时候回来了一趟。现在咋回来了呢。他想问，但是已经走开了，便作罢。

据嘎查上一辈老人说，几十年前昭华庙附近还真有一小片海子[2]，有海子也就有绿树青草，是牧羊海子漫天黄沙里的小小福地。但是海子随着西风吹，越来越小，直到再也不见踪影，昭华庙还是原模原样地扎在这荒漠里，无论被水浸润或者被盐粒腌渍，除了由于岁月的侵蚀黯淡了些许色度，依旧白墙红瓦绿琉璃。就连几十年前那场长达十年的浩劫，也不曾伤害昭华庙最大的两个经殿，它直挺挺地站着，尽管木质地板早已面目全非，昭华庙只默默陪着流沙和盐碱戈壁滩，继续它自身轮回

---

1 塔娜蒙语意为：珍珠。
2 海子蒙语意为湖或高山湖泊。

的沧桑。不似其他庙宇门面宏伟气魄，昭华庙小小的门面看起来简单甚至寒酸，与牧羊海子这个小嘎查的规模很是相称，俨然一个小地区的法事活动聚集地。可走进去，才能发现里面别有洞天。除了正殿，还分有东配殿、西配殿、东厢院、西厢院。共有房舍屋棚大小一百多间。隆冬时节的昭华庙香火不怎么旺，周边信教的长住香客也都回家准备过年一应事项。僧众之中，除了法会必要常在的喇嘛，小喇嘛们很多"放假"回家了。其他喇嘛庙从没有这样的规矩，只有昭华庙这个个例。这是老喇嘛的意思。冬日庙里法事甚少，加上快到团圆的日子了，能让一年到头不在一起的家人团聚片刻也是善德，何必拘于教条。老喇嘛过年前后只留一些不愿回家或者无家可回的喇嘛跟自己一起守庙，其他人大年十五之后再回来便可。老喇嘛德高而望重，因此过年以外长长的日子，这样一个地域偏远的喇嘛庙上空，总是不间断地升腾着香火。

巴尔虎踏进庙门，庙里安静得只听见沙喜鹊"嘀嘀嘀"几声清脆。远远地瞭见额吉正在观音殿擦地，老喇嘛仰坐在观音殿东南的檐角下打盹。檐角高而卷，没为老喇嘛遮挡多少日头，不过冬日隔着冷气的太阳也温吞吞的，多晒晒不打紧。一把铺着三四层羊毛毯子的木头摇椅吱嘎吱嘎地摇动。巴尔虎走过去，准备捡起椅子旁边、散落在地上的一本经书。额吉回头见是巴尔虎，连忙把食指贴在唇边，比划了一个噤声的动作——老喇

嘛读了一夜经书，眼下刚睡着，可别被吵醒了。不知是风吹书页刷啦啦的声音，还是巴尔虎脚步踏踏的低响，老喇嘛睁开睡眼。

大家都说老喇嘛还是小喇嘛的时候，身子骨壮得很。牧羊海子长年累月的劲风把身子板吹弯了，沙子像砂纸一样把骨头打磨薄了，现在的老喇嘛只有一副细弱的骨骼。皮肤像被牧羊海子经年的盐碱腌渍过一样，浑身的棕色褶皱堆在一起，不时还有一些深棕色硬斑结在裸露出来的皮肤上。岁月大口把他的脂肪咬碎吞咽，让他凹陷的一双眼睛越发深邃，像是在高耸的颧骨上面挖了洞。他的头发不再站立，颜色越来越发灰，是椒盐面一般的铁灰。嘴巴被巴丹吉林沙漠干涸的空气抽得皱皱巴巴，包不住的牙花子成日里露在外面。久而久之，牙花子从肉粉色变成黑红色。老喇嘛爱笑，冬天的冷气经常让他笑着的牙一阵发酸，他就养成了吸溜牙的习惯，也还是挡不住他的笑。与想象中寺庙住持威严庄重的刻板印象完全不同，他一个干枯的小老头，走路颤颤悠悠，完全就是牧区一个被时光肃杀了的平凡的小老头。但与众人不同的是，时光不仅在他身上留下印记，也雕刻了这个老人的智慧和心性。无人不知，无人不敬，无人不信。对他而言，日子并非一条渐行渐远、渐行渐窄的路，而是一片广袤的海子，连干旱也无法将他吞噬。

老喇嘛成日里不仅吩咐小喇嘛在经殿点上酥油灯，他也坚持在自己的寝房里长明一盏酥油灯。自己每天吃早饭前都会从希日陶苏[1]瓶子里撬一筷子黄油，贴边抹进酥油碗，几十年了，老喇嘛的酥油灯从未熄灭过。黄油与火苗跳动着碰撞，把天花板熏了个黢黑，滋出的酥油味使整个寝房都氤氲着比空气厚重的气体，进老喇嘛寝房的人大多是屏着气进来、屏着气出去，氧气的稀薄使人窒息，但老喇嘛习惯了，它亮着，他也才能亮着。

"老喇。""今天放假了？"

"嗯，我过来看看。""额吉在后面。"

"老喇，庙里骆驼呢？没见在外面。""知道你来看谁。庙仓那边养膘[2]呢，快到孟阿满扎[3]了。"

"哦，今年又该去拉萨了。那……老喇我去庙仓看看。"

巴尔虎进观音殿合手一拜，跟额吉说了两句话就往后院的庙仓跑去了。

"乌日娜，你这巴尔虎，多大了都一样。"老喇嘛向身后的空气打了个哈欠，低头翻书。

巴尔虎跑到后院，五峰骆驼跪在庙仓开辟的露天围栏里，都闭着眼，享受这冬日阳光一*丝丝*挂在驼绒毛上的舒适，条条金色的空气柱缱绻成围脖的形状，环绕骆驼根根毛发，让这哑

---

1 蒙语意为黄油。从牛奶熬制中凝练而成。
2 牧民为骆驼实行全天候圈养，为骆驼储存脂肪。
3 藏传佛教寺庙在冬月（农历十一月）召开的法会。昭华庙惯例每五年进藏一次。

光的皮毛从某些角度看过去，发出高亮的微光。巴尔虎出神地盯着骆驼打盹，自己的眼睛竟也慢慢快要合上，不知是哪个骆驼打了串响鼻，巴尔虎抖了个激灵，揩了一把嘴角的口水。长到快二十岁，巴尔虎从来没有因为看哪个人看得发愣，只是看骆驼会发痴。喂草料的小喇嘛在旁边看得直偷笑，巴尔虎发现有人在旁边，不好意思地别过身，假装咳嗽。小喇嘛早就把草料扔在他脚边，不见踪影。

老喇嘛在躺椅上看书又快要睡着，乌日娜走过去，轻轻拍了几下老喇嘛的肩，扶他起来。

"走吧，回房睡吧。天有点变阴了。"

老喇嘛抬头望了眼天。"今年这天变得晚了。冬天要难过喽。"

"晚点变天挺好哇，正不如往年冷了。"

"哪是那话，啥事早了晚了就都不是正好的。"

老喇嘛念叨着"赶紧冬储，赶紧冬储"，慢步走开。生活在草原和荒漠上的牧民，有储冬的传统习惯。储冬看起来不是为人储，其实也是为人储。储冬是在最冷冽的寒冬到来之前，给家中的牲畜储备食物。人虽不用储备，但是给自家的牲畜储备好了，间接地，人在自然条件恶劣的时候家中没有损失，饭食便不用愁。人守护牲畜，也不仅仅是守护牲畜，而是守护自己的家园。造物的神奇在于未等生命之间精神与灵魂相通，在生理层面就将牧民与动物联系得密不可分。既然储冬已是牧羊海子牧民心照不宣的传统，乌日娜不知道老喇嘛强调什么意思，但是老喇嘛九十多年的风雨人生，"赶紧冬储"这话，让乌日娜深信不疑。

昭华庙的香客长年累月来来去去，庙里的骆驼也算见过不少市面，却只与喂养它们的小喇嘛和巴尔虎各位亲密。"马认人一闪，驼认人一年"。马性烈，认主人只消一旭蹶子一闪蹄子，人没被摔到马下去，就是主人了。骆驼性情温和，性子很慢，人须得在他眼中厮磨一年他才能认得住。要认主人，便要更长的时间。如此一说，巴尔虎在庙里这五峰骆驼之间盘桓蹦跳的时间，加起来总有一年之上。乌日娜心里都不确定，骆驼在巴尔虎心中到底是有最喜爱、很喜爱和喜爱的差别还是牧羊海子的骆驼，他全部深爱着。乌日娜朝着庙仓喊了四五遍，才把儿子从后院喊进东厢院的屋子。奶茶从暖壶倾泻而出，奔腾着冲进木头碗的怀抱，有几滴蹦到八角桌上，乌日娜用手指揩了一下，送进嘴里吮了吮，把木碗递在儿子手上。

"冷不？""不冷。"

"老喇说天要不好了。""嗯？"

"回去跟巴特他们说，抓紧冬储哇。""哦，好。"

"就说老喇说的。""连里每年都储的，不用挂心。"

"老喇那么说了，今年肯定就不一样了，多储。""好。"

巴尔虎把奶茶喝光，站起来要走。"额吉，我去趟嘎查街上。"

"储冬？""嗯。"

"咱们家里我之前已经储了点了。""老喇不是说今年不一样。"

"奶饼快出锅了。吃一个再走吧。""不了，下午就收假了，我去了。"

巴尔虎从桌上的盘子里拿了一块奶疙瘩塞嘴里嘎嘣嘣嚼着，匆匆向外走去。

沙漠里居住的牧民一般不聚居，砖瓦房分散在牧羊海子这条沙漠边缘生命线的各处，像胡杨树的树枝，无规则可循。唯一能彰显嘎查是一个完整的行政区域的标志就是这条热闹的主街。因为小的嘎查人少，只有主街有小卖店和交易集市。因此主街也成为人们遇见熟人最多的地方。巴尔虎到主街来找黛青塔娜的阿布阿努亨。塔娜的阿布做生意没有固定的门店，一般不是在主街的最东边就是在最西边。巴尔虎走到主街尽头，终于看见垒成一堵墙的成垛干草。看见这些干草，便等于看见塔娜的阿布。从干草垛往下看，蹲靠在草垛上的男人抽着烟，脸追着快要被阴云隐藏的太阳，享受阳光烘晒草料散发出的最后一抹温暖。巴尔虎叫了声"阿巴嘎[1]"，男人的脸仍然迎着太阳。

————————
1 蒙语意为：叔叔。

"多少峰，多些大小。"男人好像没听见巴尔虎的问候，声音懒洋洋，又很均匀有序。这种惯用交易语，他早听出苗子。

"阿巴嘎。"巴尔虎声音大了些，又叫了一声。

男人不舍地放弃了太阳的温暖，转过脸来眍眼看。发现是巴尔虎，他把烟屁股往沙地上一戳，拍拍手站起来。

"可是久了没见你了。"阿努亨声音比刚才快了三四倍的速度，说得清晰有力。塔娜的阿布跟巴尔虎的阿布一样，一年到头很少见着他们人，塔娜的阿布只有过年前的两三个月回到嘎查，给牧民供给从水草丰茂的他地出产的干草料，用来储冬。早在巴尔虎三四岁、黛青塔娜七八岁的时候，阿木尔和阿努亨关系曾十分紧张。作为嘎查仅有的两个外出闯荡的男人，为着谁适合做皮毛买卖，谁应当做草料买卖，差点大打出手。二人被拥搡着推进昭华庙，老喇嘛面朝着他的酥油灯，脸都没转过来，说了句："选啥都有缺角的，选啥都有捞着的。"递给众人一枚硬币。硬币决定了阿木尔扛起皮毛走出嘎查，也决定了阿努亨背上草绳走出沙漠。这些年过去，二人的关系不再火药味浓重，一来是二人一年到头碰不见一回，最主要的是老喇嘛送给他们的话多年后验证了，二人也便都无话可说。阿木尔赚了比阿努亨多上一两倍的钱，富得像他车里的皮毛直往外流，但他却在灵魂层面失去了至亲儿子；阿努亨相比阿木尔少赚了不少钱，但是在嘎查已算衣食无忧，女儿又孝顺，他高兴得紧。

心爱

每次回家路过乌日娜娘俩空落落的家，不进去看看他于心不忍，进去看又有得了便宜卖乖的嫌疑，他只好往门前墩上两垛草料，悄悄走开。今年乌日娜跟巴尔虎说已经储备的那些草料，就是阿努亨堆在家门口的。乌日娜的心明镜似的，只是她没告诉巴尔虎。明里头还礼又容易引出些没必要的，她就在昭华庙里多给阿努亨和黛青塔娜上几炷香，多替他们念几番经。

而眼下，巴尔虎找到集市上来，阿努亨以为这孩子遇上了难事。

"我也久了没见阿巴嘎了。""嗯，回来了，卖完草料再走。找我？"

"阿巴嘎，你给我搬上六垛草料哇。""你要上那么多干甚！你家有冬储了哇？"

"哦，我妈倒是给我说过备了点。不够，我再买点。""三峰驼子管够了。这么多年都这么过的。你要想要我送上你两垛哇，别买那么多。"

"买呀，阿巴嘎。""我送你两垛。今晚回时候路过给你们搬家去。"

"真的买呀。""遇上啥难事了？跟我说。"阿努亨拉起巴尔虎要往旁边的杂碎店坐。

"没啥阿巴嘎，就是冬天冷了不好过，多储点。""来咱爷俩先要上两碗杂碎吃上，你跟阿巴嘎慢慢儿说。肯定是有事了。"阿努亨一脸严肃。他卖了这些年草料，都是他掂量着帮人搬草垛。来年开春，从没有哪个牧户说过草料剩得多，更没有人说过草料不够过冬，每家每户从他这购置的草料都刚好够牲畜过完难熬的冬天。大家对他的信任形成了属于阿努亨独特的商业术语——他看着办就行。

牧民们从不多说，只需要报上自家牲畜最简单的情况："××峰驼，×峰大的×峰小的。你看着搬。"

阿努亨："搬好了。"

一句对话、一手钱、一手货、一两分钟，交易就结束。习惯简单直接的阿努亨跟巴尔虎拉锯了几回合，听得一头雾水，硬是把巴尔虎的屁股按在杂碎店的板凳上。"时长不见咋这么生分了。你今天要不说个一二三的，我这草料就不卖给你。"阿努亨凝重的神情让巴尔虎无所适从。

"确实没事啊，就是老喇安顿的。""老喇让你来多买？那老喇咋不打发小喇嘛来。"

"不是给庙冬，老喇说今年冬天让大家多储冬。""没听说啊。"

"老喇上午刚说的。"

阿努亨头向上仰，从肺的最根部吸了口气，又缓慢地全叹出来。"这些天觉得有点不对，可天气预报又没说，我就没敢多进干料，也没敢给牧户多加。老喇这么说，看来是真要不

对了。"

阿努亨站起来走回草垛，给巴尔虎搬了四垛草。"先给你搬上这些。"

巴尔虎没有再坚持。这是他最懂得的牧羊海子，是他最了解的牧羊海子。关于储冬，草料贩子阿努亨没有听说的事，嘎查里应该还没什么人知道。换言之，等消息传开了，各牧户也要急着开始储了。不想让自己的骆驼挨饿的同时，别人家的骆驼也得能吃得上、过得下去才行。给别人留点活路，成了卖者阿努亨和买者巴尔虎之间不言自明的默契。

巴尔虎借了杂碎店伙计的自行车，摞上草料。草料在自行车的后座和车筐里被叠放，一前一后摞得巴尔虎人在其中而不见人，只有地上一双脚随着车轱辘向前。

"阿巴嘎。"巴尔虎回头，但是草垛子挡着看不见人，只听见巴尔虎天然低沉的嗓音，"别忘了给塔娜姐的驼也留草。"去年冬天，正值黛青塔娜出门在外，阿努亨给乡亲们卖草料卖得忘记给自家的骆驼储冬，要不是军驼队母驼莲花的奶水，塔娜的小骆驼差点熬不过满月。阿努亨听了这话，在草垛后面爽朗地笑了。

巴尔虎推着的自行车，像一座草房子在嘎查主街上从西向东缓慢移动。"草房子"重心不时左倾右歪，好在有惊无险，连坐在最上面的草枝也一直维持着稳定、没有掉落。街上的乡亲见了"草房子"，无不好奇探头寻找埋在里面的人。走了一会儿，巴尔虎忽觉自行车不那么重了，竟可以渐渐加快速度，草垛也稳了。巴尔虎心下正暗喜，跟自行车的较劲终于以自己的胜利告一段落。

"继续。"忽听身后有人说起乌盟话。

能在几乎全部是蒙古族、人人会说蒙语的地方飚两句乌盟话[1]的汉族，像是在飘着手把肉和羊杂碎香味的嘎查开了一间糕点店，一直散发着新鲜气味。因为他的独特，嘎查几乎所有人都能辨识他的口音。也只有军驼队的指导员秦恩东了。

"导员。"巴尔虎想停下来打个招呼。

"不用停，不用停。"秦恩东双手继续扶着后面的草垛，给巴尔虎助力。

一路上，两人因为互相看不见，除了几句家常，只有秦恩东偶尔打破寂静，哼唱两句流行歌曲。巴尔虎沉默着，他的胳膊酸疼，嗓子也有点干。从主街走到家功夫，颤悠悠的草垛掀起的小气流，都无法推开两人之间空气的缓慢和黏稠。因为些许不好意思和感谢，想挤出几句话又挤不出来，实在是别扭。巴尔虎心急得不停地抿嘴。直到看见营区和家，口腔里粘连的双唇才结束拥抱，回到原本的位置。

巴尔虎来队三年，跟指导员说过话加起来也没有几句。秦

心爱

---

1 内蒙古乌兰察布方言，辨识度很高。

恩东是整个牧羊海子少有的汉族。如果非要跟蒙古族有点联系，就是秦恩东奶奶的妈妈是蒙古族。剩下的直系三代亲属，都是纯正的汉族血统。秦恩东不是牧羊海子人，也不是阿拉善人。他生活在乌兰察布，高考因为国防生提前批次漏报，去了祖国最南端省份的某大学，成为一名国防生。学生生涯让他体会到离家千万里的不适应，毕业分配时，得知自己被分配回内蒙古，秦恩东还没来得及看是哪个单位、哪个地区，就已经在一群南方同学诧异的眼神中手舞足蹈。他当时的心境与哈拉入伍时的心境颇有相似，只不过他没有哈拉那么大的落差。他知道艰苦，巴丹吉林沙漠他小时候跟家人一起来过。但他不怕艰苦，当一回兵，艰苦的地方这个人不来，那个人也总要来。相比南北奔波三千多公里，他愿意在内蒙古自治区范围内横跨一千多公里。能在内蒙古的土地上，已是幸事，秦恩东别无他求。当时作为新排长分下来的有六个人，五年过去，只剩下秦恩东和巴特二人。自然地，上级命令两人结成对子，搭班把军驼队的管理承接下来。巴特军事素质好，对军驼队又有超于常人的了解，巴特当上了连长。秦恩东性格开朗，上大学后思想逐渐开放，善与人沟通，加上笔头子好，成了指导员。秦恩东爱看书，也爱记录。一篇他记录军驼队风雨无阻坚持每天升国旗的小文章，被军分区首长蹲连调研时无意发现，推荐到了军区报纸。之后，背着蜗牛壳的邮政包裹频繁登上军驼队的大门。因为路途遥远难行，脸上冒着油汗、身上挂着尘土的邮递员每次来队，战士们都招待他一壶内容丰盛的锅茶[1]。按邮递员的说法就是：军驼队一个月的战友来信顶得过从前两年的数量。再这么下去，军驼队得换门槛，他也得换一峰更健硕的送信骆驼了。

那是军驼队第一次在文才方面受到重视，很长一段时间，边防团只要开思想形势会议，一定会点名边防连军驼队的指导员从嘎查到镇上来开会。

1 放入奶酪、奶皮、牛肉干、炒米等干食煮成的奶茶。

新　旧

　　乌兰布和沙漠、腾格里沙漠和巴丹吉林沙漠，以及无穷尽的戈壁横亘阿拉善境内，它曾被联合国生物考察组定为"人类不能生存"的地方。但因为点滴的水分，稀稀疏疏有了不少生命绵延生息。更因为要守卫中蒙 700 多公里的边境线，1980年，北京军区最西部、条件最艰苦的阿拉善军分区诞生了。早年间阿拉善军分区有分布在不同地区的 3 个边防团，边防力量曾相对有力。边发展边改革，阿拉善军分区将近 30 年历经了全军部队 4 次裁军，到现在唯有边防一团在屡次撤降并改的精简中存活下来，边防一团也就逐渐被叫成了"边防团"。大家都说是因为边防一团靠中蒙边境最近，近水楼台先得月。地理位置因素固然重要，更重要的是因为它的存在，多年来边地民族和谐、人民安宁、互通有无成为常态，且不说更早的历史，自 1980 年阿拉善军分区成立以来，边防一团就在历次边防任务中成绩优秀。边防部队与其他部队不同，除了日常执勤和训练战备，更要肩负起民族地区维稳处突、管边控边的特殊职能使命。这世上不出一次错的人难找，不出一次错的集体更难找。靠着不可或缺性，边防一团从来有惊无险地被保留着建制。边防团团部设在额济纳旗的达来呼布镇，在团部东南方向 40 公里处的牧羊海子有一个边防团的点位，是连级建制。只有团部和牧羊海子营区靠近中蒙边境，其他两个营六个连队，都分散着驻扎在阿拉善各个旗县。牧羊海子这个连队被全团官兵和远近牧民惯称为"军驼队"，由 50 名官兵和 30 峰军用骆驼组成，官兵的生活起居、任务执行和业余活动都与军驼相连，因此几乎没有人用"边防七连"这个称呼，大家都觉得"军驼队"恰当又亲切。

从军驼队到边防团，虽只小几十公里的路程，因要走一段沙漠，秦恩东每次参加早上的会都是天色刚擦白，就得带着干粮、骑着骆驼出发了。很快，新装下发，团里为军驼队配发了第一辆机动车——沙地摩托。军驼队尚没有达到配发车辆的标准，但是配备普通摩托在沙漠不实用，作用似乎不及骆驼，上级就因地制宜地给军驼队买了一辆沙地摩托。从团部到军驼队40 多分钟就到了，比骑骆驼快上两个钟头。

沙地摩托没有普通摩托配备的消声器，只要脚底发力一踏启动杆，呜隆隆的声音震得整个牧羊海子的人都知道摩托"醒"了，军驼队有人要出去开会了。但沙地摩托"醒"来的次数很少。沙地摩托烧柴油，牧羊海子没有油站，团部所在地达来呼

布镇有一个简陋的油站，总共两根油枪，一根出柴油，一根出汽油。巴丹吉林沙漠区域的落后，使得人们对机动车油的需求量很小，外部对巴丹吉林沙漠的供应量也就少了，因此油站经常三天打鱼两天晒网。军驼队要想用油，须得开会当天恰逢油站营业才能储一壶油。

沙地摩托平常被供在军驼队院里，用油布盖着。摩托刚回来的时候，战士们新鲜了很久。既然柴油金贵不好动用，大家就想了个新玩法。战士们轮番骑在没插钥匙的摩托上，疯狂拧着油门，右脚前后匆忙点踩换挡，模拟自己傲人的风驰电掣。口水随着自己模拟摩托"得儿嗯、得儿嗯"的弹舌音，哄闹着从嘴里喷射出来，好像谁的弹舌响动大，喷溅的唾沫星子多，谁骑摩托的技艺就胜出一筹。每天自由活动的时候，摩托就成了战士们的玩具。全队上下只有一人对摩托没兴趣。他从来不碰那辆摩托，开会也不骑摩托。

额济纳旗政府为了方便周边牧民进出达来呼布镇，在穿过沙漠后的大路上设置了一个站牌，用来停靠公共汽车。走出沙漠段的牧民只消在公路旁边等上一等，公共汽车便揣着沙土扑面而来，给路边翘首以盼的乘客通身裹上一层灰黄色，再把他们抱进自己的肚囊，最后只留下黑色尾气和黄色沙尘在无人的空气中狂欢。除了有段时间腰扭伤不好行动，无奈地被"押"上公共汽车。此外，他去达来呼布从来不坐汽车。公共汽车上的乘客们经常隔着大玻璃窗看见穿着迷彩服的他在骆驼上一摇一晃地往旗里走，最后消失在汽车后轮掀起的滚滚烟尘之中，颇有一种历尽洪荒、终归故乡的英雄气概。而他脸上的表情多数也像极了故事里的英雄，没有大喜大悲，没有跌宕起伏，所有神态都在眉宇之间。好的时候眉毛往上的部位平坦匀称，不好的时候眉毛往上搅动成一团疙瘩，抬头纹绕着川字纹，川字纹切割抬头纹，整个脸倒塌了一般乱糟糟。这个奇怪的、不与任何机动车为伍的人，就是连长巴特。

巴特跟巴尔虎一样，是巴丹吉林沙漠的土著。只不过沙漠太广袤，巴特当兵之前，二人未曾谋面。巴特十八岁从查干苏木[1]来到牧羊海子边防连军驼队当兵，刚好是巴尔虎上小学的年纪。巴特是看着巴尔虎长大的。牧民们现在常说巴特算半个牧羊海子人，巴特总是笑着回应：一半牧羊海子人，一半军驼队人。

巴特提干去北京上军校，只要一有假期就先回军驼队看看再转车回家。毕业的时候大家都积极踊跃找机会留在大城市，一起从阿拉善盟出来的几个同学纷纷为留在呼和浩特和包头奔波。巴特这个修了双学位、四年综合成绩排名第一的人，始终稳稳地坐在板凳上看眼前的大家忙碌，偶尔提笔在纸上画两下，也只是计算带多少盒京味点心回连队。

1 苏木是一种高于村级的行政区划单位。查干苏木是巴特的老家。

毕业那天，回内蒙古的同学为了同行，一起买票踏上北京开往新疆的火车。巴特从列车驶入内蒙古境内开始送别同学，大家纷纷在大站下了车。巴特的行程还没有过半，最后一个同学也说了再见。后面漫漫一千多公里，只有高摞的点心盒子做伴。夜晚的车窗很忙，一边迅速检阅路边的风景，一边倒映巴特的面容。巴特回想一路上击掌、拥抱、挥手的重复动作，同学们脸上的表情各异。但在最后回眸的瞬间，他们都有一个极其相似的眼神留给巴特。那眼神中饱含着同情、怜惜和无奈。巴特起初没有在意同学眼神里的异样，等他终于向反光的玻璃，模仿别人眼中的情绪，发现那些眼神里想要告诉他的，也是他想回以他们的。巴特不需要被同情，他巴不得下一秒火车直接停在军驼队门前把他卸下。

他生在沙漠，长在沙漠，离开沙漠，是为了再回到沙漠。知道自己该往哪走的人应是幸运的，他怎么还反倒会被怜悯呢。真正该被怜悯的人是那些不知该往何处去而盲目跟随外界舆论和他人经验的人。大地方生活便捷，大城市好找对象，大单位发展前景广阔。别人看重的这些是巴特最不在意的。那年他刚23岁，从士兵到干部的转换才刚完成，未来与军驼队在一起的大把好时光才刚开始。

给战友们分完糕点，巴特专门提了一盒完整的吃食去后院。军驼们从远处瞭见一个中等个子、身形敦实魁梧的影子，头驼孟和带头开始嘶鸣，其他的军驼也跟着一起长啸。这是它们欢迎巴特回家独有的仪式。巴特紧跑两步，将军驼一一抚摸过去，被抚摸的骆驼心满意足地溜达走开，让出位置给其他同伴。巴特解开糕点盒上仔细捆绑过的红色缎面丝带，拴在怀孕的美驼莲花的踝骨上，担心勒到莲花，食指伸进系好的丝带环里向外抻了抻。他把糕点掰成块，递在骆驼们嘴边。巴特应是牧羊海子甚至是阿拉善地界养驼人中头一个喂给骆驼糕点的人。意外的是，骆驼们都摇动着下颌，边咀嚼边点头，很是受用。一峰小骆驼的嘴边挂了奶油和蛋糕屑，巴特用手指替它揩下，放进自己嘴里吸吮。小小一块糕点，附上了巴特对每峰骆驼的挂念。他学成归来，当然要和它们欢庆一番。

巴特归队这年是 1999 年。为了与祖国共同庆祝，军驼队接到团里指示，要抓紧训练，在内蒙古阿拉善盟庆祝新中国成立 50 周年的运动会上，军驼方阵要代表军分区亮相表演。自有军驼队以来，除了巡逻、救援、搬运等执勤任务，军驼队还从没有收到过演出任务。这项前所未有的重大使命就落在了巴特这一批人身上。说落在巴特身上也不为过。巴特是军驼队目前为止留守年限最长的干部。其他干部和战士对于日常训练还可拿捏，但对于表演训练，眼睛都巴巴地看向时任一排长的巴特，毕竟现在一整套行之有效的日常训练计划也是巴特入伍之后草拟提出的。他最了解军驼队的每一峰骆驼，最适合制定训

练计划。

巴特把自己憋在驼棚一天一夜。他盯着骆驼们，心里思量着，叫这些庞然大物学会并列站定，学会同脚同步前进，学会向右看齐，怎么想都是困难重重，无处下手。骆驼不比马，马体量轻盈，动作灵活，不做特殊训练的马，步伐都十分矫健。骆驼的训练难度要比马高出不止十倍。骆驼体型大，毛发厚重，步速缓慢，性格不疾不徐。平日里难见快步疾走，要求一队骆驼共同踏着鼓点踮起脚来，巴特为难了。在学校学各项从未接触的高科技、新技能都没有畏难过，却被自己最熟悉的军驼战友难住了。巴特的脸色更深更暗了。

他长得很旧。巴特有一张黄色的脸，不是黄种人的黄，是黄色。像被洋蜡封了层，没有油色，只有干巴巴的蜡，层层叠叠，掀几层都还是蜡。幸运的是，虽然巴特脸上被洋蜡固着，但除了缺乏表情变化的劣处，还为他增添了不长皱纹之喜，让他终于在皮肤方面看起来是个二十多岁的人。只是，有了愁事，站在驼群面前的他越发旧了，脸色与骆驼的颜色几乎融为一体。

第二个一天一夜，他头顶着干草枝从驼棚出来，向文书要了粉笔，又钻进俱乐部，不吃饭、不睡觉、不上厕所，谁也不准进。那天夜里，躺在床上的战友们，是听着俱乐部的桌子椅子沉沉划过水泥地的声音入眠的。第二天黄昏时候，俱乐部的门开了。战士们递过来水杯、毛巾、茶食子，巴特摆摆手，"我得趁太阳没落晒晒。"就走出去了。战士们朝俱乐部探头，发现桌子椅子都被按照队列的方式重新摆放，地上用粉笔画出每一只驼蹄所在位置。几十平方米的房间被排长画得密密麻麻。地上的画面之繁复，引得众人又惊又叹，竟然忘了站在院子里的排长。再回头，排长面向将沉西山的夕阳扬着头，深深地从丹田吸了口气，像极了迎风傲立的一峰骆驼。经此一夜，战士们都感觉巴特更像骆驼了。他脸上的黄好像又多了一层，他不吃不喝的胃似乎也有储存食物的能力，他一米七五的身高看起来也往上蹿了蹿。

第三天上午，军驼队所有的骆驼全员整装，带到离营区两公里的开阔空地上开始训练。嘎查的大人孩子纷纷赶来瞧热闹，他们也头一回听说骆驼还要走正步。尽管骆驼生性温柔，但是违背骆驼天然本性的训练却使得骆驼们一边听话一边又无所适从。原本站成横排的骆驼走了十米之后便不见队形了。它们惯于竖列行走，列方阵队形这个在表演训练中最基础的站位，对骆驼来说举步维艰。骆驼的憨态逗乐了人群，但是训练毕竟是枯燥的，几天过去了，军驼队还没有静态队形可言，更遑论动态步伐。看热闹的人们渐渐散去，回到自己的生活，耳边只留下不远处军驼队训练的口号声。之后每次训练，都有个小孩准时准点地到军驼队训练场，站得近近地看，有时还钻在骆驼身下帮骆驼摆正蹄子方向。那个小孩就是少年巴尔虎，那年他

十二岁。军驼队为期一个月的训练，从寸步难行到小跑快颠，都在巴尔虎的眼睛里。

当军驼队方阵在阿拉善盟运动场上齐整健步的时候，坐在观众席上的巴尔虎直挺挺地挺起小胸膛，抬起小下巴，仿佛他训练过的部队正接受他的检阅。他口中念念有词，手中的小国旗跟着军驼队走步伐、做动作的节奏，时而向左挥动，时而向右跳跃。在观众席旁调度整个驼队的巴特瞥见了这一幕，心被戳了一下，有些疼，又有些惊喜。巴尔虎小小的、坚定的神态正合巴特心里强烈的感受，他不擅长像小孩子那样表现出来，但是分明的，巴尔虎就是缩小了的巴特，巴特是被装进大身体里的巴尔虎。军驼队上运动场，对巴特而言就是送它们上战场那般紧张和自豪。它们需要有战味的氛围来唤醒何为"军驼"，巴特需要战场般动人心魄的刺激唤醒他何为"军人"。大庆活动为这支久不经战场的军队创造了一个重新紧张起来的机会。

巴特仿佛找到了军驼最该有的样子，即便在古老的战争中军驼被赋予的职责也只是后勤辎重运输和艰苦条件下的耐力巡逻，它们没有真正在正面战场上有所作为，成吉思汗踏破铁鞋征服亚欧的宏举亦不曾提起军驼半刻。人们印象之中，能在铁血冷兵器时代发挥关键作用，以及有资格进入热兵器时代的动物只有马。它们的机动迅捷为马这种动物维持在军队的地位发挥了几个世纪的作用。而骆驼只能在激烈战场环境之外，迈着四方步执行一些慢条斯理的不急之务，而且从日常经验看去，军队如果需要骆驼，那么这支军队一定处于漫天黄沙的荒漠之中。唯有在这里，军驼才有生存的意义。巴特也喜爱马这种蒙古族的象征动物，但比起陪伴自己成长的心爱之物、生活工作中的亲密战友，马也只是生命中的一个远景，映射着他血液里流淌着的蒙古族基因。

对于军驼在战争中发挥的作用，巴特从不会像历史书卷里那般想。冷兵器时代，支撑着成吉思汗和后继者从内陆地区，越过无边际的黄沙，能够到达多瑙河沿岸的，并非只有马这种"冷兵器战车"。对于游牧民族来说，沙漠有时是比大海更难克服的屏障。它不仅消耗着人力、物力、财力和畜力，更可怕的是对一切可能的吞噬和难以捉摸的下一步。骆驼这种平日里慢吞吞的生物，在这时便是主角。它不需要钉掌，不需要吃喝，休息时间甚少，善于逆着风沙行走。它以一般动物没有的耐力，支持人类在绝境中的生存。仿佛有了它的坚持，人便在沙漠中多出几分希望。至今谁也无法回到历史探求圣祖越过沙漠、开拓疆土的真实场景。但是军驼在战争年代的战场环境中所起到过的作用，却不是胜与败的差池，而是一支军队生存与消亡，一段历史存续与否的分界。骆驼是巴特生命世界里引以为傲的存在，尽管巴特已无缘在战争的血雨腥风中体会军驼带来的那份殊荣，可他在军驼队走方阵的这一天，却真切感受到了军驼

新旧

完成不可能之可能的韧性，感受到作为运筹指挥和行动统帅的自豪——原来麾下率领一支军队能有这样自得于巅峰的体验。

一支真正训练有素的军驼部队，除了早中晚响彻营区上空的嘹亮哨音和歌声，除了制式的衣着和整齐的步伐，除了每天足够时长和距离的边境巡逻，还需要那些振奋军心的训练，让战士和骆驼们记住这曾是一支能战斗的部队。

打那以后，巴特把表演任务时训练的科目演变成战士和驼队的日常训练科目。这意味着训练时间和强度都比以往增加一倍。很多人心里打着鼓，距离下一次参加大庆演出的时间最少还得五年之久，日常任务根本不需要驼队和战士一次次突破自我，增加的训练应是没有必要的。然而大家这"鼓"也的确只能在心里打，因为巴特比每个人投入的精力更要多。众人训练的时候他先做示范，他的训练量是战士们的一倍。众人休息的时候他又经常在俱乐部里禁闭自己苦想训练方法，谁也没有机会和理由把"鼓"打出声响。

军驼队确实在之后一两年中被邀请露过几次面，但是表演的性质与大庆已相差千里。再后来的几年，巴特正式升任连长之后，他已经不再应允政府和地方的邀请，哪怕是有偿邀请。倘若不能燃起军驼队骨髓里那份极似战斗的热情，那些包含着瞩目与馈赠的附属品便更不需要。巴特仍然没有停下繁杂的训练科目，他还等着下一次大庆时再上"战场"。

巴特成为连长的时候，秦恩东也成了共同搭班的指导员。像多数搭档的主官一样，他们俩也是完全迥异的人。不同民族，不同样貌，不同性格，不同观念。一个蒙古族一个汉族，一个中等个子一个大高个，一个敦实壮汉一个干柴棍子，一个不善沟通一个能言善辩。

巴特的办公室在平房东边靠南的第一间，秦恩东的在西边靠北的第一间。他们就像房间的分布一般，始终处在平行的两条线上，这两条线的间隔也许只有走廊这一米宽的距离，走得很近。互相可以经过，永远在彼此的左右，可以对望，却一直没能有交汇的点。就连每周大交班，一起上边防团去开会，两人也一人骑摩托直接去，一人骑着骆驼去。巴特也曾尝试坐上摩托跟秦恩东一起，沙地摩托在沙海中的游刃有余起使巴特感到惊诧，可当第二次秦恩东再邀请他的时候，他拒绝了，跨上驼鞍。

"我就不坐摩托了。""咋不坐呢，能坐得下了。"

"还是坐它踏实。""这个快，省时间。"

"又不是没坐过摩托，不了，坐不惯。"

巴特的话没有说完，秦恩东也无须巴特把话说完。这两条靠得最近的平行线，彼此有一种默然懂得。秦恩东懂得巴特说的"踏实"里，应有些许感受到威胁而手足无措的恐慌。这种恐慌也许只有巴特会有，也只有秦恩东能感受得到。这威胁来自于沙地摩托带给巴特全新的类似骆驼、又比骆驼迅捷的体验。这让巴特辛苦建立起来的守护驼队的"象牙塔"，瞬间在他的内心被摇撼。巴特只能以拒绝新事物的方式来守护内心这片精心呵护的秘密花园，他也不知道这样掩耳盗铃的努力是不是有用，但是只要他在坚持，只要他还在牧羊海子，军驼队就能在他的荫蔽下存在着。秦恩东了解骆驼每印下的一窝足迹是巴特建造"象牙塔"城墙的一块砖，一直不动声色地为他悄悄添上一块砖。

秦恩东只比巴特晚到连队一年，与驼队朝夕相处，使这个从小没有接触过骆驼的男人，在兢兢业业的工作中对骆驼也有着愈来愈深的感情。他一直提醒自己，巴特比他对骆驼的爱更深、更多，因此尽管他也是个热血铮铮的汉子，也是个主意铁打的人，当遇到分歧，自己脑中意见奔涌的时候，他大多选择默许巴特。在驼队练兵的事情上，他不知有多少个长夜辗转，站在巴特的房门前踟躇过多少次，敲门的手举起又放下，他担心军驼队军心是否一直稳定，担心"无用功"的耗费会不会致使日常任务的专心程度降低误了事。他在每个难眠的夜晚，把这份忧心忡忡在黑色的夜里咀嚼消化，转化成白天想办法维护驼队战士精神和思想稳定的教育工作。他理解巴特略带痴狂的作为，将那视作巴特对军驼队的热爱。尽管这爱有时盲目，但巴特振奋振兴驼队的心本质上没有错。

军驼队任务量小，官兵少，上级有时疏于对军驼队诉求的关照，因此特地给军驼队一个不成文的福利。每年只要边防团有外派学习的机会，都给军驼队匀一个名额。秦恩东善于与人交流，笔上又有两把刷子，经常代表军驼队外出学习。巴特也有得到过不少外派的学习机会。秦恩东也希望巴特时常能到外面去看看，也许对待内心的这方小世界能更开阔一些。巴特屡屡坚持，以外面的世界他早看过了为由拒绝，飞机、火车、轮船坐过了，高科技见过了，办公室书柜那些秦恩东每每学习回来带的新书他也翻看过了，所以就不出去了，"家"里还有队伍需要带。

对于新事物的了解，巴特确实不逊秦恩东。但是他们的出发点是不同的。秦恩东学习新的技能本领用以适应这个滚滚向前、不等任何人的新时代，巴特掌握那些与本职不相干、但是新而又新的知识，只是为了对抗社会发展洪流中或蓄谋已久，或不期而至的危险。如不谙世事，怎么保护军驼队免于淘汰？知己知彼，保持自我清醒，是巴特在牧羊海子——这个社会发展最为缓慢的角落最有力的武器。其实到底这个武器的力量有多大他并不知道，也从未亲身验证，他只知道自己现在是保护军驼队不被信息化作战时代淘汰的唯一武器。这么多年习惯依赖他的军驼队，习惯笃信他的战士，需要他的守护。因此即便外出学习这种短暂的离开，他也舍不得，他也放心不下，他从

新
旧

不敢懈怠。这似乎能够解释空窗期的军驼队依旧坚持练习表演科目的原因。巴特时刻准备着。只有时刻准备着，他的军驼队有朝一日才不会轻易被击倒。紧绷的神经能够最先察觉危险的气味，紧张的肌肉能够最快对危险做出回应。秦恩东懂他，因此每次都是指导员被派出去学习。即便团里的同事总打趣他是"小霸王"巴特的"学习机"，有些人还暗暗同情指导员身份被落了空架子，他仍然只是笑笑。有一年，结束学习的他回到团里，准备骑上摩托回军驼队，边防团政委喊住了他。

"小秦。""政委好。"

"赶着回连队呀？""回呀政委，都等着我呢。"

"噢，那我就长话短说。指导员干了四年了，来团里当宣传干事哇？""嘿嘿，政委你看我们队里没我不行哇，都指着我出去学点新东西呢。"

"指导员我再给配一个也行。""不啦政委，听不见巴特打呼噜我还带点睡不着。"

"哈哈，你这小子，去哇。""政委我走啦噢！"

一骑黄尘，政委咀嚼着卷进嘴里凹凸有致的沙砾子缓缓走开。

巴特其实早前就被叫到机关谈过话，随着连队主官的工作年限越来越长，连队编制已经不够他再晋升，团里也曾建议他到机关工作，也可以升一职级。但考虑让巴特离开军驼队，团长和政委着实下了一番决心。论情理，没有人能比巴特把军驼队这样一个以动物为编制组建的连队带得更好。爱兵爱骆驼，方圆百公里首数巴特，军驼队也因此远近闻名。但是因为巴特长期待在军驼队，军驼队便只能依赖着巴特，他全身心奉献给小集体，个人便不能往前走了。就单位发展和个人进步上说，上级又愿意他前进一步，为更大的平台做贡献。

在征求巴特个人意见前，领导已经做好了结局的预设。也确如他们所料，巴特不仅不同意，反应还很剧烈。紫红的血气胀满在蜡黄的面色下，被调和成可怕的黑色。可面前谈话的人都是领导，他的倔脾气不好发作，只蹦出一句"不用了。"便跨上骆驼悻悻离开了。军驼队的连长和指导员，以不同的方式和态度结束了这场"晋职鼓动"。好在巴特和秦恩东的组合也只经历过这一次被拆散的风险，后来再也没人提起这件事。

变 天

　　巴特和秦恩东以各自的方式保护着军驼队免遭纷扰。但是军驼队这颗在巴丹吉林沙漠中闪耀的星星，也要在浩瀚星海中闪烁才有意义。被时代洪流裹挟着向前的，不是哪一颗星静止不动就可避免的。以不变应万变，早已不再适用。那些暗中已决定好，但变幻只在一瞬的风云巨变，正是历史跌宕起伏的精彩之所在。巴特和秦恩东作为军驼队的栋和梁，使军驼队从1999年到2009年的十年间一直在自己的轨道上平稳运转。除了骆驼与人都在变老，四季流转顺遂，风沙起落如初。

　　还是回到2009年，这个长长的冬天。巴尔虎把草垛垒进自家碳房一角，秦恩东问了缘由，巴尔虎把昭华庙老喇嘛的话复述给他听。二人回连队的短短几步路，只觉风越来越小，天空越来越低，压得他们一路无语，只能顾着自己变得有些粗重的喘息。进了营区，秦恩东来不及换衣服就要敲响巴特的门，不料巴特门开着，秦恩东便直接踏进巴特办公室。巴特跪在地上，屁股对着门口向上撅着，两根胳膊肘顶着地面，正趴在一幅世界气象图和一幅中国气象图中间，左偏一下脸，右歪一下腮，认真地对比着，没有发现秦恩东正在身后。秦恩东想开个玩笑，他抡圆了胳膊准备拍向巴特的屁股，可膀子悠到半空又停了下来。他忽然想到巴特的一个习惯：只要沉于忘我的世界，谁惹他便跟谁恼。秦恩东只得收回胳膊、搓搓手，咳嗽一声。

巴特匆忙间一扭身，险些闪着腰。"咦，你不是外出了么。"

秦恩东走过去，托了巴特一把，巴特才扶着腰站起来。"就你这老腰伤还往地上趴。"

"啊呀，这个图实在是太大。"巴特又要蹲下去卷地上的地图，"再说这个天气变天了，腰又感觉有点不对劲。"

秦恩东抢先蹲下。"你看看外面，阴得哪像下午三四点。"

"我这趴得没顾上看，还真以为快天黑呀。确实闷，闷得我把门窗都大开了。"巴特缓慢地扭动着僵硬的腰。

秦恩东刺啦刺啦卷着图，"是呢哇，气儿有点喘不上来。"

"你不是去街上了？"

"去了，赶紧回来找你商量点事。"

整个沙漠上气压低着，巴特的办公室好像是低气旋的中心，两人都在用长长的叹息补充这小小空间里的憋闷。没喝一口茶的功夫，巴特就穿好大衣，这次，是他出门。

巴特边走边系军大棉的扣子，直奔昭华庙。秦恩东说的关于大变天的话，让他已稍感焦虑。再加上得知阿努亨今年草垛的储藏量不大，且随着卖的时间长了，草垛囤积数量越来越少。军驼队怎么办，想到这巴特就坐不住了，他头脑混乱，一时间只能想到去找老喇嘛。刚出营区，巴特又折返回来。在仓库门口站定，他从怀里拉出一串丁零当啷的钥匙，天气硬到用蛮劲拧那插进锁孔的钥匙都拧不动，直到巴特往锁眼连哈几口气，门锁才勉强"吱扭"一声被打开。巴特的眼睛里倒映着满仓草垛。这是他入秋起，从各处归拢回来的冬储。看一眼仓库，粮草满仓满房，跟巴尔虎家小碳房里的草料相比，如同胡杨树和芨芨草的悬殊比例。可再看一眼旁边挤满骆驼的驼棚，巴特又深深叹出一口气。照以往的冬天，只要存够最冷两个月的粮草就够了，冬月往前一个半月地还没有冻硬，骆驼还可以在近处的荒漠草原寻觅粮草。立春往后一个半月土地渐渐冻得不那么硬，地上还有被冬天冻过来的草枝可供食用，加之骆驼胃的储草功能强大，捱不多久就能捱到真正的春天。冬储只是为在最艰难的时候给骆驼一些食物储备。今年入冬以来天气一直很好，有时还很暖和，巴特一度以为天气转暖在牧羊海子已经如此明显，这些粮草得搁置到开春了。可眼下巴特慌得直挠头，千想万想，当务之急都是去找老喇嘛。

巴特跑进昭华庙，老喇嘛还待在寝房里。他怕叨扰了老喇嘛的睡眠，在门口蹲下。但是心下的急切却是瞒不了的，巴特蹲不住，只好站起来轻手轻脚地来回踱步。乌日娜从偏殿撩开棉门帘走出来，肩上背一根晃荡着两只空桶的扁担，手里提着一桶热水，乳色蒸汽着急地争相升出热水桶外，变成缕缕白烟，再被冬天干燥的空气吃掉。她见有人穿着迷彩在老喇嘛门口直打转，便站定了看人。巴特也看见了乌日娜，朝她这边快步走来。

"姨，干啥去？我帮你。"

"大冷天出下这些汗。"乌日娜伸手抹掉巴特额上沁出的细密汗粒，"井上冻了，我提点热的浇上一桶，再打上两桶水回来。"

"那你坐的哇，我去挑。"巴特就要从乌日娜肩上取扁担，乌日娜把自己肩上的扁担紧了紧。"你找老喇有事？"

"嗯，我听说变天的事了。姨，咋说？""老喇就说这天得赶紧储，具体还有啥你问问他。"巴特见扁担夺不过来，就要跟着乌日娜一起走。

"我跟你一块去，要不我也是在窗户根上站着等老喇。"

乌日娜指指老喇嘛的寝房，一阵咳嗽声从伴着酥油味飘出来。她悄声说："起了，你快去。"

"唉，老喇都咳嗽成啥样了，还点酥油。""劝不住，你快敲敲门去。"乌日娜说着，提起热水桶走开。巴特走回老喇嘛寝房的墙根，往里张望。

"巴特？"声音从一副老旧的哑嗓子里发出来。巴特应了一声，正惊讶老喇嘛怎察觉出是自己，老喇嘛已经喊巴特进

屋了。

"老喇，醒啦。"老喇嘛从床上坐起来，吭吭地咳着。"你小子没事才不来。"

巴特坐上炕，给老喇嘛捶后胸，看见深褐色的脑袋顶上覆着一层薄薄茸茸的白发。"您咋知道我来啦？""就你走路的声音，踮着脚我也知道。"巴特没有出生在牧羊海子，但是巴特刚满了月，就被家人抱在昭华庙给老喇嘛看过。那时候昭华庙已经因众喇嘛功德高尚远近闻名；那时候若非虔诚，没有人家带着满月的孩子颠簸一天的尘土只为踏上庙门槛；那时候老喇嘛还是人正中年，还不咳嗽。在几个名字里一挑，老喇嘛给巴特选中了这个名字。因此较于嘎查里的一般牧民，巴特跟老喇嘛走得更近些。

巴特当兵来到牧羊海子以后，自然比小时候来得更勤了。没事的时候，每次外出只要上了集市，就给老喇嘛带一袋子酸果果干回来，这是老喇嘛最爱的食物。老喇嘛也不拒绝，因为市面上酸果果干好多种，外形和色泽基本没有差异，只有巴特能买到他最喜欢的那个酸度和甜度的果干。而有事的时候，巴特只带着自己风风火火地跑过来，步速是没事时候的两倍。老喇嘛一听巴特的步速，便知道这小子又遇着事了。

"入冬到现在你就没少往我这来。""今年事儿太多了，我心不定，肯定得老往你这来。"巴特一五一十地说道。

"心思太重，心就不定，风吹草动就自乱了方寸。"巴特心里想着急事，没心思把老喇嘛的一字一句记在心里。只想赶着把话说出来。"那我新听了一个风吹草动，老喇听听？"老喇斜眼睥了一眼巴特，接着把耳朵凑过来。巴特把听来的话给老喇一字不漏地复述一遍。老喇一边听，一边从床边的小碗里撕酸果果干吃，一片片皱巴得像老喇嘛一样的旧橘色果干，被老喇的指甲一掐一撕，成一瓣瓣重新掉回碗里。

　　"天暖，风少，不下雪。你说这天对不？"巴特摇摇头。

　　"天象这几天，是越变越糟糕喽。"巴特听老喇嘛这么一说，担心起军驼队，也担心牧羊海子上所有的牲畜和人。"老喇，我怕周边的草料存量也不够供的。"

　　"肯定不够。这个冬，大家都得短着了。天再没几天就大变了。""天能有多差，我这三十多年都没见过？"

　　"说不好，难熬喽。""咱能扛得住不，老喇？"

　　"你队里还有档子事儿呢，够你小子扛的喽。"老喇嘛说的另一档子事，是巴特无论问老喇嘛多少遍，都无法求证得到答案的。那些事情，在老喇嘛看来，是巴特必经的人生过程。那些必须要自己走的路，老喇嘛是帮不上的，所以他不会将预知的事情告诉巴特。十多年了，该是巴特反观执念的时候了。

　　其实从几年前，团里动员巴特和秦恩东调岗的时候，光秃秃的沙漠就有了一些关于军驼队的风吹草动。只是那时说的人

少，信的人更少。流言要有真凭实据，才能在人的耳朵上稍作停留。轻飘飘入耳的，都早被沙漠的大风刮走了。

军驼队的战士谈不上五湖四海成为兄弟，最起码都是来自于巴丹吉林沙漠的四面八方。从 2006 年起，就总有战士休假回来喇叭着假期见闻，添了油加了醋，有不少还能够捕风捉影。哪里的军犬队全部撤销，军犬搬进专为流浪狗建设的集体犬舍等人认养。哪里的军马队裁得只剩下主官和两匹马落单在营区。哪里的军鸽已被放归森林。哪里的部队规定从当年起不再为已有的动物编制招兵买畜。哪里的政策宣布裁军路上，"动物军团"优先考虑。

除了战士们吹进耳朵的话，巴特自己的耳边风也经常以另一种形式吹着。当时上学的战友们至今互通有无，随着改革裁军的苗头发芽，知道巴特在偏僻沙漠带军驼队的战友，隔三差五就响进来一个电话，巴特用着小灵通，沙漠里信号不好，就得经常爬上房顶，费九牛之力接通一个电话，"喂喂"地在房顶上四处走动，才能找到信号最佳点。电话里终于有声音了，有委婉地问巴特是不是高升了，有间接地问询他是不是调走了，还有人索性上来就问军驼队是不是被"砍"了。巴特每次都懊恼着，懊恼自己费劲找信号结果找个不痛快，想赶紧把电话放掉，用一句坚硬又粗糙的话回复所有人："听谁说的。"有的人觉知巴特的情绪，话题陡转聊些左右七八。有的人真将"谁说的"描绘得实实在在。巴特实在听不下去，绕着房顶转，也不回应电话里的响动，硬是把小灵通绕得信又没了，才跺着爬梯"咚咚"地返回地面。

下了地，就一定要去驼棚绕上一遭，赶上骆驼脱毛期，摸了一把就顺下一把驼毛，巴特索性把驼毛塞进嘴，对着骆驼脸，骆驼摇动着下颔，他也伸缩着下巴，终于在口腔里把驼毛裹成一个小线团，巴特才吐出来。眼前的骆驼如此可爱，如果有一天它们不在身边，巴特想不到自己在部队还能干什么。穿着军装，与骆驼就此长久分离？跟骆驼在一起，脱下这身军装？巴特置身于军驼队，于他于骆驼，都是最安全、最称心的所在。巴特想训练骆驼做更多的事情，那么"无用者被淘汰"的风险，兴许也能就此降低吧。从前他对自己身在巴丹吉林沙漠不觉欣喜，但也从不觉艰难。几年过去流言还飘着，官方却一直没有任何动作迹象。他开始感谢牧羊海子这块深藏在大漠、远离中心的小嘎查，甚至希望它被风沙埋得更深一点，在流沙的相对移动中与外界离得更远一些。所以尽管别人无法理解，秦恩东为什么能一直支持着巴特给越来越没有任务可接的军驼队，生出越来越多的训练。秦恩东外出学习多次，听到的、看到的比巴特多更多，但是关于"裁撤"这个问题，他俩却心照不宣，从来没有交流过。秦恩东知道巴特不相信，巴特也懂得秦恩东不忍心谈论这件事。

今年年初，队里在院子里搞元宵节联欢引来了嘎查好多人的围观，军驼们的训练表演是很多人一辈子都没见过的景观。"骆驼安代"[1]是牧羊海子来看热闹的牧民给这个训练起的名字。骆驼五峰为一组，能够在十秒内首尾相连，快速围成一个密闭的圆形，中间站着指挥员巴尔虎。巴尔虎一声口令，自己率先蹲下，骆驼们随即听令跪下并仍然保持闭环。三十峰骆驼分为六组，从里到外围成六圈。骆驼们一层包着一层，齐刷刷地跪下、站起来，再跪下、再站起来。远看像一支有队形的舞蹈，实际是巴特自创的一种人驼共同抵御风沙的新形式。巴特无不尽其能地研究训练，虽然团里认可他与战友、骆驼们的苦劳，但是大家都觉得，这些看起来已经与现实越走越远的训练，已在部队触及的日常之外了，大可不必。

今年夏天，风声最烈的时候，秦恩东正随边防团政治处主任在呼和浩特学习。巴特在军驼队趁着暴晒和干旱，指导战士带骆驼进行高强度耐力训练。秦恩东从内蒙古军分区得到了一些正式政策的蛛丝马迹，他不知道什么时候会有通知下到遥远的阿拉善，他能做的只有把军驼队的生活和工作一遍遍写成事迹，投向报纸和杂志。入秋，秦恩东三个月的学习结束，这一次回来没有给大家带什么吃食，他给每人买了一本书背回来，

---

1 蒙古族传统民间自娱性歌舞，安代的表演形式是几十至上百人不等围成圆圈伴舞伴唱，圈中央有两人对歌对舞，形成热闹、欢腾的场面。

送给巴特的是一本黑色书皮的硬装本，封面上印着阿瑟·布洛赫和"墨菲定律"几个字。

变天

电　话

　　夏长冬也长，春秋短棒棒。秋天飞速地过完，牧羊海子只剩下沙喜鹊和麻雀在地上蹦跳着。往年的十一月，沙喜鹊已经开始在雪地上踩下小树杈，今年的十一月，巴特只是捧着秦恩东送的书，直勾勾对着窗外灰黄的土地，看着沙喜鹊发呆，而沙喜鹊也直勾勾对着没有雪的土地发呆。

　　从老喇嘛那回来，巴特就捧书站着了，直到手边办公室座机的电话铃音打破他和沙喜鹊的发呆。电流嘶嘶啦啦，在巴特的听筒里转化成一个女人的声音。

　　"喂。"巴特清清嗓子，将音调抬高些，好显得有精气神。电话另一边的声音像精灵一样，又亮又脆。"没在忙？"

　　"刚从外面回来，这会儿不忙，你了？""演出的话就顾不上给你打电话了哇。我也不忙。"

　　"嘿嘿。嗯，今天走在哪站了？""在莫尔道嘎。特别特别冷。"

　　"哦，衣服带厚了没？""带了。"

"暖水袋有没？""有呢。"

"棉帽子戴得不？""脑袋上扣得呢。"

"哦，那就行。"另一边没有说话，两个声音沉默了两分钟。巴特不住地绞动电话圈线，想找一些话题，但是线缠得已经绞不动了，巴特还是没想起来再往下说什么。电话那头的沉默一股一股地流过来，很不均匀，好像也是被绞乱的电话线阻碍了它的流淌。

"那，那我……"巴特害怕尴尬，可眼见着空气更凝滞。

"巴特咱俩多久没见了？"电话那边活泼泼的声音忽然变得低沉。

这一句问话，巴特没有多犹豫。"一年两个月六天。""记得倒挺清楚。但是老巴，你问问你跟前认识人，谁家的夫妻两个动不动一两年不见面。"对方的电话线好像从刚刚的缠绕中捋直了一些，但是仍然扭动着。巴特不知道说什么好。

"对……""不用对不起，我出来工作我也很对不起。但是你说怎么办，就算是异地你总得让我跟你见面吧？"

巴特拧头看向墙面，从被他画得满满当当的年历里面寻找时间。"嗯……过完年，过完年我就休假去乌兰牧骑[1]，你们团到时候走在哪我就去哪找你。行吗？""多少年没一起过过年了？老巴。""媳妇，对……"巴特知道"对不起"彩霞已

1 蒙语意为：红色的嫩芽。是红色文化工作队，活跃于内蒙古农村牧区中间。

电
话

经听得够多了，连电话线都不想再传递这三个字，巴特及时收回了这个人们最容易说，但是最无力又无用的辞藻。

"老巴，我请假不演了，我去找你。"巴特想阻拦，可是他忽然发现，明明自己也正想念着彩霞，只是平常骆驼把他的心和脑塞得太满，他毫无知觉。"我们团长肯定能同意，我一年多寸步不离地跟着走、跟着演，也该休息休息了。"彩霞无奈的声调里强行添加了一丝积极活跃，她努力让沉默不那么尴尬。两个人电话里再没说什么，几句嘱托后，让电话线休息了。

巴特挂了电话，合上书，再望向窗外，天光好像比刚才泛白了。有好几天没跟彩霞打电话，巴特居然真的不知道该说什么好了，是真的没有话说了吗？巴特不太懂，也不敢想。可能是自己落伍了吧，除却骆驼这个话题，别的他都不擅长聊也不喜欢说，跟人交流起来，一张嘴总是无所适从。此时此刻，竟连呼吸都不听自己使唤，自顾自地闷着，吸着。他走出房门，想到院里看看。往灰土地上看去，沙喜鹊不知道什么时候不见了。可能是衣服重得压住了感知，巴特解开军大棉，展展地伸了个懒腰。刚伸到半空，忽觉额头沁了一丝凉。他摸了一下，难道是自己刚才出了汗？天倒是不冷，巴特心下想着，开始脱衣服，耳朵又感觉到一丝凉，再摸一下，好像不是汗。他把手指头放进嘴抿了一下，没有尝出一点咸腥的味道。巴特再抬头，静静地端详天空，虽是阴天，但眼睛却有些睁不开。慢慢的，落在巴特脸上的冰凉越来越多——下雪了。

他第一次发现，雪花不是白色的，它们只是略略泛白。雪花是银色里夹杂了些蓝和黄，这些雪花旋转着飞奔到人间，将整片沙漠上空衬出一种与沙漠的哑光干涩质地完全对立的质感，雪花使这片天空从干巴巴的阴沉变为微微闪烁着细碎银光的灰色天幕。原来人若真能认真地给别的事物一些时间，便会发现自己曾经笃信不疑的东西，并不一定是绝对真理，它们有可能原本就不在我们理解的那一层面里，原先我们可能了解的那一部分，也在疏于关注的时间里渐渐演变成我们不认识的样子。

雪花一点点变大，几分钟里，从雪花瓣变成雪花条，再变成雪花片，再变成雪花串。三十多年来，沙漠每逢冬天必有几场雪，因为随时可以拥有，巴特只把雪花飞舞当成自然而然，从未想过要珍惜。就像空气，离开它，人无法存活。可正因为它没有威胁到过我们的生命，我们便将它远远地排在关注之外。这些年的雪天，巴特从来只是低头看落在脚下、堆成地毯的白沙漠，忧心下雪时的骆驼。却从没有抬头向空中，细心观望它们的来时路。在骆驼身上用力过猛，让周遭不可或缺的东西全部黯然失色。

巴特伸出手，这次他想试试自己能不能像对待骆驼一般仔细地去对待一片雪花。他把手伸向空中，准备接一片雪花，然

而雪却拒绝了他。那些雪或是在他飘扬向上的哈气里瞬时融化，或在是将落未落于他的手掌时即刻幻灭。雪花，可以落在人的身上，却拒绝更加近密的接触。雪与他这样远，远得即便他想再靠近一步，它已经把自己化成水。雪花也曾给过人机会，它喜悦着冲向大地时是想成为一件圣洁的嫁衣，却在一次次失望之后把自己摔向地面，给大地染上白发。

巴特不能触碰雪花，就又把军大棉穿齐整。衣服厚一点，宽大一点，接触的面积多一点，雪花可能会更愿意在他的肩膀停留吧。他走上爬梯，上了房顶。房顶已经落了薄薄的雪，还没有集结成绒白细密的毯子，土灰色还是主背景。巴特走了两步，就将努力织毯子的雪花分散得看不出有聚积的痕迹。他轻手轻脚靠着墙根走得很小心，想尽力减轻对雪花的伤害。眼前的雪花不知因何让他想到了妻子，他站定了掏出手机，想给彩霞再打个电话，想告诉她自己真想跟她一块儿过个年。不知是彩霞刚才那通电话打在这初雪中，还是他第一次认真感受雪的缘故，这场雪下得他心里有些愧疚。雪花，彩霞，为啥大自然总会有失而难得的天象，让他难以捉摸，难以领悟。彩霞的电话在通讯录的第一个，巴特只要按两下绿色通话键，无形的电话线就又能把两千八百公里的距离缩短在分秒之间。巴特先是按了一下通话键，彩霞的电话号码跳在屏幕上，欢快地滚动，仿佛要自己跳进对面的电话线去。巴特刚准备再按一下，手忽地垂下来。"算了，她要是请得下假，就给我来电话呀。"巴特把大拇指从手机的绿键移向红键，合上小灵通手机盖。关于军驼队的任何决定，无论算是果断还是武断，巴特都没有惧怕地往前冲，从没有为哪个决定后悔过。反倒是自己最亲近的人，他却连按一个电话按键的决心都没有，幸亏站在房顶上，要是这一幕被战士看到，巴特恐怕会羞得不知道头怎么抬了。

一条小雪串落在巴特军大棉领口的人造毛领上。巴特眼皮垂下，看见这细长又脆弱的雪花，多像站在远处朝他挥手的彩霞的背影，那是动人的修长，又是令人心疼的柔弱。

印象中，巴特从第一次见彩霞到现在，彩霞就一直这样瘦，在众人中一直是那个竖直直的人，脖颈从没有弯过。站着，坐着，蹲着，下巴都带着脖颈一起向上扬，天生的。因此无论什么姿势示人，看着都比别人的长得高。可见彩霞的高也不全是长得高挑的原因。彩霞长得跟巴特一样高，一个是一米七五的纤瘦玉骨，一个是一米七五的敦实壮汉。他们的相识，"高"就是引子。

巴特和彩霞是高中同学。

彩霞是呼和浩特人，高一那年暑假，跟着母亲到东风航天城探望父亲，就住下来没走。很多子弟都去了距离航天城距离最近的大城市酒泉去上学，但是彩霞的父亲身体不好，为了照顾父亲，母亲便自作主张留在额济纳旗，还在上学的彩霞自然

地转学进了额济纳旗中学。从呼和浩特转来的同学，自然地要比教育资源匮乏的额旗孩子知识面广一些，因此彩霞刚上了没几天课，就能给同桌讲解问题了。第一次月考，彩霞就在班上名列前茅。班上的女同学除了彩霞，都是土生土长的土著，沙漠的干旱，加上紫外线强烈，照得大家每人脸上顶着两坨红晕，男生们称之为"高原红"。热情的"高原红"们大课间跳皮筋、打沙包，总喊着彩霞一起，却一直也没人能找得着彩霞。大家只是知道，只要一下大课间，彩霞就不见踪影了。上了一天学，熬了一白天，终于等上一个大课间，大家急着耍游戏，互相询问了几次也就不深究了。

开学两三个月，彩霞还没有跟除了同桌以外的人有过什么交流。直到一天，班上的一个男生替全班女生解开"大课间之谜"。那个男生放了大课间，本想跑回家找两口吃食，路过鲜有人至的学校碳房，发现一阵灰尘腾踏着飘出来。贴近过去，碳房门却合着。男生寻着灰尘的踪迹贴墙绕到碳房背面，被眼前的场景震惊了：他从来没见过这种鸿雁身形的人在空中翩翩起舞，原来这个新来的同学竟然不仅学习好，还会一种学校里没人会跳的舞蹈。男孩没有见过芭蕾，只能把彩霞当成沙漠上最美的鸟。他看了一整个大课间，肚子也乖下来，没再叫唤着惊扰他的视觉盛宴。他看呆住了。

因为生理层面男生与女生的情绪发展不同步，青春期的男孩和女孩有一种乐见异性美好、却不愿承认其美好的怪诞心理，男女两种性别分离成各自的圈子。就像额旗中学的男孩们给女孩们起"高原红"的名字。那片红晕明明撞在他们的心坎上，让他们感受到区别于自己晒得红黑的脸之外，那份健康的美丽。但他们非要用戏谑掩盖内心的荡漾，每个男生都不例外。看彩霞跳芭蕾的这个男孩，回到教室就集合了一撮男生，拢在一起闷声讨论。

这天最后的晚自习上，几个男生跳上讲台当众宣布，给新来的彩霞想好了绰号：大雁子。用阿拉善方言说出来就是"大页子"。彩霞不明所以，抬头看了眼站在黑板下的众男孩，继续低头写作业。看过彩霞跳舞的男生见她没反应，开始甩动两条粗壮又不协调的大胳膊，粗笨的脚前掌笨拙地踮起来，模仿彩霞的舞蹈动作，一下一下地往上跃，震得讲台"噔噔"作响，全班同学先是不解，而后潮水般的哄笑在教室里炸开。彩霞再抬头，瞬间明白发生了什么，眼泪顺着外眼角扑簌簌落下来。自己精心挑选在隐蔽的场地练舞被人偷窥本就懊恼，心爱的舞蹈又让别人学得像丑鸭子，加之呼和浩特方言发音"鸭子"为"页子"，绰号起得如此难听，彩霞委屈得站起来就要往教室外跑。一个大巴掌把她的肩膀压了一压，彩霞刚闪出去的身体又弹回座位。这个人好像就是坐在后面几排的同学，但是很少见他说话，也很少见他跟别的男生混在一起耍，一到大课间，

他的踪迹跟彩霞一样难寻。

他两步跨上讲台，低着嗓子让男生们各回各位，声音虽不大但是很沉很硬很坚决。手舞足蹈的男生们手僵在半空，接着灰溜溜涌下讲台。这个震住全班男生的男生就是巴特。这突然的气势能让跳脱的男生们认输，自不是他比别的男生有多少特别之处，而是平日少言温和的巴特，第一次当着这么多人的面发狠。那天晚上的自习，彩霞的班级是整个学校最安静的教室。

彩霞算是认识了巴特，但是两个人一直没有说过话。直到有一天的大课间，彩霞肚子不舒服，就没有去碳房后面跳舞。下课铃一响，彩霞就见巴特起身离开座位。彩霞闲来无事，又好奇这位解围的"恩人"是不是也跟自己有着相似的秘密，便远远地跟着巴特走。走出学校，路过一排排平房，巴特走进一个没有锁门的院落。彩霞起先是隔着栅栏往里瞭，可是穿过第一排房就瞭不见了，彩霞也就轻轻推开铁门跟进去。彩霞从一排平房每一个房间的窗户瞄进去，每个亮堂堂的屋子都没有巴特的踪影。彩霞走近最后一扇窗户，俯下身，双手拢在额前往里张望。鼻子刚贴上玻璃，后面就有人又低又轻地"嘿"住了她，彩霞连忙把手放下来背在身后，转过身来面向眼前的巴特。她不知道怎么解释，上唇紧紧包咬住下唇。巴特也没问一句她为什么跟踪，为什么趴窗户。只是轻描淡写地递过来一句："去吗？"被发现的彩霞脑子里一片空白，她甚至没想起来问巴特去哪里，就点点头。巴特也点点头，转身往排房后面走。这是两个人之间语言交流的第一次，也是第一次眼神的交流。

当彩霞看见房后拴着的一峰大骆驼，肚子下面还藏着一峰小骆驼，惊喜得快走两步。她从呼和浩特来到额济纳，见过不少骆驼，但是这么小的幼驼是第一次见。小骆驼藏在母驼的身下，高度正好顶着母驼的乳房，小骆驼的头就在下面揉过来蹭过去，好不舒服。巴特上去解开母驼的绑绳，牵着就往出走。小骆驼感觉到头顶上的移动，为了继续紧贴头顶这片柔软的天空，一步一趔趄地东踏一下，西踩一脚，寻找晃动的奶嘴。彩霞噗嗤笑出了声，巴特回头看还在原地的彩霞，"去吗？"还是那一句话，彩霞还是不知道要去哪里，但是她忽然觉得眼前的这个男生有点趣，说话咄咄的，却做着很有意思的事情。两人一前一后走出了院子，巴特在前面牵着母驼，彩霞在后面跟着小骆驼。两米的距离不近不远不能对视，却刚好能够避免尴尬，适合聊天。有一搭没一搭的，两个人竟始终有话可聊。

"你的骆驼吗？""我的不在这，这是陶格套叔叔家的。"

"你给养着？""他出门了，我给养两个月。"

"那为啥大课间过来？""小骆驼下午这会儿正好出去。再晚了就该饿了，人没事，不能饿着它。"

"它不是在吃奶？""它跟别的小骆驼不一样，老断不了奶，就得天好的时候多领它出来转转，去那边，稍微有点草的

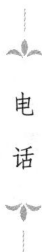

地方，让它慢慢习惯吃草。"

"这样行吗？""一会儿你看。"

慢慢悠悠，把太阳从发热的三四点熬成余温未尽的夕阳，他们爬上了一片有零星草棵的荒漠草原，早忘了学校的晚自习。彩霞问起起绰号事件，巴特木巴巴地告诉彩霞，鸿雁是荒漠草原上最高贵的迁徙候鸟，其实他觉得彩霞也像是一只鸿雁。不仅因为彩霞的"移民"身份，更因为巴特觉得彩霞有着像鸿雁一样又长又直的脖子，配上她瘦长的身子，就很像直立行走的鸿雁。彩霞哈哈哈笑出声来，笑得小骆驼从母亲身边绕到她身边围着她跳。原来自己是"雁子"而不是"鸭子"，原来不善言辞的巴特这样会描摹鸿雁，彩霞笑弯了腰。因为瘦长而被抻得清寡的脸庞，也抖动在一起，显出聚集的好看。彩霞还从没有见过鸿雁，在首府城区，这种鸟类是难得一见的，因为自己的外貌了解了鸿雁的形态，便问起巴特鸿雁的习性。巴特好像不止对骆驼，对沙漠上的一切生灵，他都有着切近的了解。

"这种迁徙鸟类是突然性迁徙，北方的气候转冷转暖都是忽然之间，因此鸿雁虽迁徙过程长，但是决定迁徙往往在一瞬间。飞行速度较其他鸟类缓慢，但是飞行能力极强。行动也极为谨慎小心，而且性喜结群，所以性格很好，算是鸟类里开朗的一种。"

巴特说得有模有样，彩霞听得若有所思。到了一座高点的沙坡，巴特脱开缰绳，母驼带着小骆驼往小山包的更高走去，走向那轮离地平线越来越近的暖橘的圆。彩霞喊它们，想让它们别走太远。巴特摆摆手说会回来的，便转身往还能感受到丝缕温暖的沙坡上一点一点平移脚步，移到一处，他脱下外套铺在斜坡上，用手把外套盖着的地方平整成一个板凳样的长方形平面。

"坐吧。"巴特抹一把汗。

彩霞看巴特的举动，有些不懂，又有些不好意思，"你坐吧。"

巴特又把外套展了展，自己一屁股坐在"沙板凳"旁边的沙子上，"你坐，我坐这。"

彩霞小心翼翼地坐上去，但"沙板凳"却不是想象中绵软稀松的坐感，反而结实地承托了她的重量。那天她心里对沙板凳的原理揣着无限好奇，但也没开口问。后来才知道，这是巴特从小在沙子里摸爬滚打的智慧结晶，他自创了坐起来舒服又不至于陷落的"沙板凳"，就是在沙坡上选一处地方，表面干爽细软、脚插进沙子的部分又能感受到深处的湿沙吸力，这样的沙土条件就能做成一个下盘结实、表面柔软的沙板凳。不过沙板凳的坐垫，却是巴特特别为彩霞"设计"的。那天夕阳下，彩霞感受到巴特外套坐垫带来的温暖，正如温暖的太阳，不刺眼又不遥远，不热烈又不沉默。她从没有见过没有任何遮挡物的落日，这属于沙漠的赤裸裸的落日，竟显得一切如此美好。巴特起身往夕阳那边走去，去找远处模糊成两个棕色圆点的骆驼。

太阳像是吐丝一般，将晚霞绣在西天边，当它绣得流水般游动的锦缎满天铺展，太阳也终于变成通红的夕阳，只剩小半半圆挂在山尖尖。温暖霞光里，空气里飘荡起丝丝缕缕乐音的回声，彩霞眯起眼睛，往远处巴特和骆驼回来的地方看去，骑骆驼的人手上扫动着、弹拨着一个弓箭型琴头的乐器，这声音犹如吉他的古老，又比吉他更沧桑，彩霞闻所未闻。音乐缓慢悠长地飘出来，小骆驼在母驼周围，踏着节奏撒欢蹦跳。远景上看去，他们像是从太阳里走出来，走向人间，走进沙漠绘制的油画里。彩霞看这一幅美妙的画作，她也身在这画里陶醉着。她想这个看起来少言又笨拙的男孩，居然有这样浪漫的艺术才能。他不言语，言语却在空气中氤氲。他不微笑，微笑却已经把空气揉成碎闪微光。是夕阳温暖镀了金光给人，还是人的美好温柔了夕阳。彩霞没有多想，她只觉得这样的景致里哪一个都不能缺少，这是一份记忆的定格，静止了那一天、那一年自己十六七岁的年华。巴特在骆驼上坐，在夕阳里走，被余晖拉得高大，拉得伟岸，彩霞方才渐渐感受到生而为人竟有诸多自己从没想过、从没遇过的美。

巴特手中的火不思[1]，将奏出的音符一个个勾连起来，连成一串，把两颗心往一处一点点拉去，彩霞那一刻预感到，年少的自己与弹奏火不思的少年，就这样连接起来了。火不思，这个比马头琴更古老的蒙古族乐器，穿过几千年的光阴，从蒙古族宫廷国乐，演变成为两个年轻人言语之外最有效的沟通。

云凉了，两个人乘着最后的暮色，再回到远处有人烟的地方。那天长长的黄昏，那段柔柔的乐音，填满了彩霞和巴特后来日子里形单影只的孤冷。学校里座位距离几米的时候沟通甚少，高中毕业后两人去了不同地域的两所大学，沟通却畅舒起来。谈完一整个大学的异地恋，工作又使他们成为异地。巴特回牧羊海子当上了军驼队的干部，彩霞去呼和浩特的内蒙古直属乌兰牧骑艺术团成为一名舞蹈演员。两个优秀的职业都难割舍，两个人更难割舍。

2003 年除夕那天，彩霞探亲回额旗，刚一进家门，跟爸妈打声招呼，就翻箱倒柜找户口本跑出去了。她跟巴特在民政局行将放假关门的最后时候赶到了柜台，各花四块五毛把小红本买了回来。那年彩霞二十四岁，巴特二十七岁。按照内蒙古西部的习俗，忌讳二十四岁本命年，少有人在这个年龄结婚，人们都赶在前一年或者拖到后一年结婚。可有些事忌讳就不如

电
话

---

1 蒙古族古老的乐器，公元前一世纪被发明出来，元代成为宫廷乐器，渐成为国乐，明代后流入民间。后几近失传，现今逐渐被蒙古族艺人重新捡拾起来。

不忌讳。忌讳着只能说明没有更重的砝码，心拗不过了，才随了忌讳。不忌讳是自信的不忌讳，因为有更重要的理由，忌讳便退到最弱的层面上去，就算是影响，也就是耳边吹过的一阵风。从高中毕业到工作，六年时间，他们已等得太久，本命的讲究相较初相知那日的夕阳与琴声，早是薄之又薄，不足顾忌。

领完结婚证，沉浸在被岁月熬得浓稠的幸福之中，二人却有一丝甜蜜的忧愁，这是他们熬过六年之后，终于要正面应对的问题。是要把异地恋继续走成异地婚姻，还是谁放弃自己的一端，让天平倾倒，走向另一个人。他们都做着自己热爱，且没法轻易放弃的工作。巴特穿上军装与最爱的骆驼为伍，他的带兵带军驼水平又是远近闻名的高，在别的任何一个岗位，巴特和领导都知道，他的光热不及在这里能够发挥的十分之一多，他是真正热爱的、是真正的骑兵。彩霞经历了高中偷偷练舞到大学的术业专攻，跳舞的梦想终于实现，舞蹈这样一个高雅艺术付诸于乌兰牧骑，在内蒙古地广人稀、交通不便和居民点极其分散的情况下给农牧民带去丰富的精神文化生活，彩霞没有想过比乌兰牧骑更适合她的工作。她热爱舞蹈，但她更想把舞蹈跳给想看和需要看到的人，不管在路上颠簸多少公里，她都心甘情愿。同一批考进艺术团的姑娘，有一些发现乌兰牧骑的演员工资平平，还要比普通演员吃得苦多些，便早早离开了。而彩霞刚好正愿意有这样的机会，去不同的地方，看不同的人，跳不同的舞。因为这样能从他们眼中倒映出自己努力的样子。一个早就离开乌兰牧骑的姑娘问过彩霞，是不是找了一个部队的男朋友，才变得又红又专。可彩霞只回答说，总要允许有些年轻人真的喜欢这个职业，便走开了。两年的时间跳成台柱子，那是彩霞在无数个休息时间流下的汗水累积起来的成果。巴特和彩霞在各自的领域拼搏努力，放弃任意一方的事业都极其困难。

"老巴，我回来吧，阿拉善乌兰牧骑我也能待。""不行，人往高处走，你适合大平台。"

"想回来陪你。""我怕我住在军驼队，你回来了我也老不回家。更对不住你。"

"那我多来看你。""听我的，别回来。"

"为啥啊，你不想过正常日子？""嗯……想。"

"那咋嘛！""那么多年异地都坚持下来了，咱们行。"

"那咱们领个证，也就还跟以前一样？""你就爱跳个舞，结婚是好事，再委屈你，不行。"

谈话没有再继续下去，他俩都深知彼此的软肋，也就都互为彼此披上铠甲。

领完证的巴特和彩霞在一起度过一个甜蜜的春节，便又如往常，回到各自的生活中去，只是火不思音符勾连的那一串线，一直都牵在彼此心上，不曾断联。人们如今看巴特黄色脸庞的

肃穆，谁能想到他的爱情竟如此浪漫。

刚结完婚的几年两人还不是很忙，每年能见多面。每次彩霞回额旗，巴特都会带她去当年初识的地方转转，看流沙怎样从西移动到南，看胡杨有没有冒出新枝，看芨芨草有没有在年胜一年的干旱中越来越稀有。火不思每次也都像是一个见证者，又像一个神圣的、必要的仪式。巴特只在彩霞回来的时候才拿把它出来擦拭干净，紧好弓弦，给彩霞弹上一曲。每在此时，彩霞会在那个岁月流变唯它不变的夕阳里轻歌曼舞，他们是彼此唯一的观众，最好的观众。最近几年，巴特对军驼队的训练越来越紧张，彩霞每年进农牧区演出的任务量越来越大，他们就只能一年见两三次，到今年，他们已经有一年多没有见面。

彩霞请了假，终于要回来了。六年的婚姻她有不少委屈，但为了保护丈夫那颗把愧疚藏起来的心，她的委屈都是笑在脸上，哭在心里的。无处诉，无从诉，不能诉，不想诉，这些诉了别人也无法理解，自己也无法解决的烦恼，硬生生闷在日子里，闷熟在两千多天的日落日升里。

不知不觉，巴特已经在雪里站白了头，雪越下越大了。天幕被四周暗下来的深灰色显得越发像个圈起来的窝，配上这憋了一个多月、突如其来的大雪，天像是炸飞了的鸡窝，到处飘散大大小小的鸡毛，到处被鸡毛填塞着，每片和每片重叠、交叉、争抢，从天上倾泻下来。如果瓢泼大雨是天上的江河湖海汇成一道奔涌而来来，今天的牧羊海子就是飘泼大雪。

叫醒巴特抽离的思绪的，是小灵通一阵的来电。把浑身的兜拍了一遍，才找见响得直蹦跳的手机，这手机像烫手的红薯，巴特差点抓不住。以为是彩霞请好假的电话，巴特怕电话挂断，没来得及看清黄色屏幕上弹出的名字就赶紧接起来。"咋样？同意了没？"

电话那头先是一段杂音，接着一个很客气的女人声音抱歉地笑着。巴特拿下手机看了眼屏幕，又放在耳边，重新调整说话状态。

"你好，你是……""哎呀不好意思，刚才听错人了吧。我是内蒙古军区今年派到咱们阿拉善军分区参加巡诊的卫生队队员，王晓彤。"

"哦，你好军医。""您这是军驼队吧？是有一个叫秦恩东的干部吧？"

"我不是他，你找他的话打错了。""不不，我不找他，我就找军驼队的连长。"

"我是。""您还挺严肃的呀，我说秦恩东是因为之前学习时候我们认识。上面通知我们来军驼队巡诊，我猜就是你这里，毕竟现在咱整个军区也不剩啥军字动物分队了哈哈。"

除了彩霞，女人在巴特眼中都一样，只是世界上另一种人而已，他并不会因为她们是女人而区别对待。巴特在电话里寡

言寡语，甚至让敏感的女性感到一丝不客气。电话挂断，巴特没心思回味哪句得体哪句冒失，只感觉这雪好像有些重量，压住了自己的脑袋顶。眼看着雪越下越大。

往年冬天都是团卫生队派军医下各个连队巡诊，今年派到军驼队的巡诊分队竟提了两级，看起来算是好事，医术应是更精湛些。可是治动物和治人不一样，军驼队又是骆驼多人少，熟能生巧的"赤脚"兽医有时抵得过学识渊博的专业医生。巴特不确定他们的到来是否有意义，还是仅仅下基层体验一下生活。但无论怎样，军医的电话能打进巴特的手机，看来这次的"客人"已是箭在弦上，不得不发。

那天，彩霞的电话之后，巴特接了很多个电话，没有一个是彩霞打来的。先是团里正式通知巡诊之事，后来又是军分区打来，每一通电话的时长都短于前一个来电，但越往后的电话巴特越不想接，因为电话的信息量越来越大，如同这雪，压得他透不过气，他需要时间消化这些信息。在巴特看来，雪下得不是时候，把他的身体几乎釉了层白漆，捂得严严实实，密不透风。电话也来得不是时候，这些电话巴特曾在每晚睡前祈祷永远不会接通，他甚至在梦里为那些消息未雨绸缪害怕。爱极了，就是害怕。他想保护的东西，终于要被"墨菲定律"了。

事实是，上级的指示，也已经对军驼队拖到了不能再拖的地步。这几年，一个个军字头的动物部队或宣告解散或分流或合并，巴特读着秦恩东送的那本《墨菲定律》，知道军驼队的这一天早晚到来，但是他又心存一丝侥幸：身处沙漠深处的部队，不靠骆驼还能靠啥。部队裁军归裁军，哪能把有用的也顺着裁了，那不能，那不能。

一团团雪花落在巴特的睫毛上，一眨眼，雪花跳进湿润的眼眶，再跳出来的时候，凝聚成两股细细的热流，从巴特扁平的面颊中间滑下，飞速抵达巴特的下巴，有几道把自己冻在巴特脸上，有几道顺着惯性飞到地上，将周围的雪花融化一些，再混合着一起缩成团，冻住了。巴特多想这些消息也能凝结成冰，不让任何人知道。

不过，巴特的侥幸也不是真的没有丝毫兑现。上级的各项通知只是告诉巴特，军驼队已经列入内蒙古军区待整编名册，是一刀切，还是减少军驼数量；是分流，还是整块纳入其他部队编制，都是未知数。军区还有待对名册内单位进行一到两个月的综合评估，再做决策。对巴特来说，这个大雪纷飞的日子，既是军驼队即将可能面临的灾难，又或者是一个再不可多得的机会。加之上级派遣巡诊的卫生队进驻，巴特豁然开朗，假如今天打进来的电话顺序倒置，他可能不会难过，反而会高兴。待整编部队还给下派医疗分队巡诊，看来军驼队还是有一丝希望，还没走到那个最不堪设想的分岔路口。

巴特下了房顶，搓搓冻僵的手，直冲进秦恩东办公室，往

墙上的暖气片上一倚，用衣袖擦一把化水的鼻涕，把收到的消息跟秦恩东进行一番梳理。秦恩东看着面前略显疲惫的男人，脸上包裹着一丝游移的快乐，他有很多不同的意见想说，又用一口唾沫咽进肚去了。四两与千金相拨，个人与时势相扭，他不知道是自己腹中的胆比巴特小一些，还是自己比巴特更清醒、更开放一些。他始终觉得往前走的决策在大方向上一定不会错，古老面对新生，阵痛在所难免，可又未尝不是好事。军驼队散了，骆驼还是骆驼，还能为沙漠执桨，依然在它们最熟悉的地方生活。只是少了那一幅挂在脖子茂密毛发下的"军"字布符块，这样的牺牲，对于全军部队的未来来说，不算牺牲。唾沫灌回去的这些话一旦说出来，不消说，两人一定会在这个最需团结的节骨眼上黑脸。秦恩东一口一口喝着水，直到巴特要起身通知全连集合开会。有一句话还是没能随着水倒流回秦恩东的肚子，逆流而上到了嘴边。巴特临走前，秦恩东说了一句："别太强求，动，未必不好。"巴特已经背向秦恩东的身体一激灵，愣了几秒，便加快步速走出去了。

这次开会，巴特让每一名战士带上自己的骆驼，在营区院里列起方阵开会。高大的棕色绒毛站在矮肥的绿色大衣右侧。这样的开会形式，是第一次。巴特不知道是不是最后一次，所以尽管大雪的磅礴之势短时间里就能覆盖这棕色和军绿色。尽管这雪扑朔迷离模糊了人与人之间的距离，尽管眼睛看几米之外需要多次聚焦才能看清，他仍然坚持张着嗓门，任雪花撞进他张开的喉舌。

巴特告诉大家，听了那么些年风言风语，也谢谢大家有时候尽量瞒着自己，军驼队终于在这天象大变的一天，收到了待整编信息。幸运的是，大家还是有机会保全自己，有机会保全身边最亲密的骆驼战友。随着天气达到沙漠一年中最恶劣的境地，骆驼优势也即将凸显，军驼队迎来了最可施展的机会。经得住此一战，军驼队便还是现在的模样。若是经不住，失去的不仅是军驼、军驼队，更还可能是自己身上的军绿色。他向大家道歉，请大家在这个时刻理解前些年他高强度的训练和严苛的管理。那些曾经以为徒劳的，如今也许终于可以走向"战场"。他们的对手不是武力对峙的真敌人，更不是虚无缥缈的假想敌，那是他们最熟悉的沙漠大雪，是这场大雪中更熟悉的他们自己。巴特的哈气在空气中往上飘升，战士们的呼吸也在空气中飘升，军驼们的鼻息也在空气中飘升。巴尔虎热血冲上头顶，在严冬时日满面通红。他大叫一声："保护军驼。"战士们一起跟着嗷嗷大叫起来。虽有飞雪阻碍，虽有沙漠吸音，他们的吼声还是传遍了牧羊海子，靠着呼出的水蒸气拢成的扩音器，在天和地之间不断回声，不断荡开去。

沙漠之外，很多人理解不了战士们雪地开会时的心理，难以想象团结一心从字典搬进现实是如此原封不动，如此振聋发

电话

- 79 -

聩。战士们虽不同长相，不同年龄，来自不同地域，但是只要来到军驼队，它们的名字便是同一个了：骆驼骑兵。跟骆驼相处的时间长了，骆驼兵们的心性也趋同了。有时不是部队的规章制度抹平了人的棱角，而是军人与军驼的相处中，军人的自然生长。讲规矩和被讲规矩，两种完全迥异的心性，是一支部队优秀与否的最佳证明，更是在艰难时刻检验军心的一把标尺。巴特自己也没有想到，一番话后，战士们不约而同地与军驼站得更紧。他们好像已不在意这身昔日曾为自己带来荣光的军装，他们只要自己的骆驼站在身边。因为真正的荣光时刻，都是军驼承载着他们成就的。这骆驼兵和骆驼像是一枚奖牌的两半，缺了一半，另一半也不再可称其为奖牌，只是一块残缺的金属罢了。这个内在逻辑的契合是战友们之间的默契。况且，最深爱军驼队的连长都为可能发生的"战争"苦心孤诣准备几年，他们仅这一次的背水一战便不足为道了。骆驼在战士这里，虽不像巴特一样视作命根子，极端地把自己一生对人生和事业所有的希望都押注在军驼队上。但骆驼已经是他们生命在军旅路上心脉相连的伙伴了。像水之于人，像土壤之于胡杨，像翅膀之于鸿雁，不能割舍。因为骆驼的灵魂跟人一样，是要找伴儿的。耳鬓厮磨一年，互相认作是彼此的伴儿，它终身也就与牵他的人为伴了。骆驼就这样跟人以命相许，终日里与它在一起的人，又怎敢任自己的灵魂随处飘舞？

巴特在正史里曾经读到上祖成吉思汗说过："骑兵是部队的灵魂，灵魂是永不会消逝的。"巴特接着圣祖的话，为自己和战士们受到震动的心打气："骑兵存在了几个世纪，就像它的诞生一样，不会轻易就消亡的。何况高科技不会时时奏效。大家说我思想老，对，我又传统又古老，但我不是个纯正的守旧者，我就是不相信存在了几十年的军驼队在我手上永远消失。"巴特抹了一把脸，把脸上的雪、水、冰一道揩掉。他感觉到大衣内兜里小灵通的震动，但是此刻军驼塞满他脑袋，别的都不那么重要了。巴特安排骆驼兵们散会后，趁雪没有全覆盖地面，带领全队骆驼抓紧到远些的荒漠草原自行觅食，回营区后从仓库搬出冬储草料给骆驼加餐储脂，以备后续骆驼体内的储存能量自循环。虽然顶着压力把正式消息公之于众，巴特心里却比独自消化时轻松一些。战友在一起，他便不是孤军奋战，他这支奋力燃烧的火柴，终于变成一把噼里啪啦燃着旺火的火炬。

　　晚些时候，巴特小灵通的蓝屏上滚动着彩霞的未接电话。他想把电话再打给彩霞，彩霞率先发来一条信息：一周后到家。巴特想说明自己没有及时接电话的原因，想给彩霞道歉，想感谢彩霞一次又一次的自我牺牲，想告诉彩霞自己请假去额旗车站接她。但是他一句话都没有说出来，只回复了一句：知道了，下雪了注意安全。与彩霞的沟通便算完结。巴特想过，但从没

电话

想明白过，为什么在岗位上即使心里没什么牵挂，工作起来还是有话可说；为什么面对自己心底里的人，心里装满了思念和牵挂，满溢着一肚子的感情，却常常无话可说。好像只有"吃饭了没""睡觉了没""穿暖了没""累不累"这四句话循环往复，竟不知道还能关心些什么，还能照顾到些什么。就连自己的工资，彩霞也都不需要。她走起旗县来，比他挣得多。两人曾经聊过一次家里的钱放一处花或是谁来管钱。彩霞觉得离得远，就先把自己手头花完再说。巴特面皮比馄饨皮还薄，彩霞不提，他也就再没问起过妻子经济有没有短缺处。尽管他是那个工资除了必要开销不多花一分钱的人。可不知如何开口的他心里经常住着"阿Q"，安慰自己即便现在不问，攒下来的钱以后也都是彩霞的，心情又轻松一些。虽然觉得彩霞最近情绪有些奇怪，但毕竟要回来见面了，天大的问题，只要两人在一处，便不是什么大问题了。

军驼队出去觅草归来的时候，照平常天色该晚了。但是下雪时的天色一整天都没什么变化。看看怀里的表，已经是晚上八点钟了。天空这个鸡窝里的鸡毛已经松松软软堆了一地，厚度足有三四公分，但是雪片和雪串却不再倾倒一般地狠狠往下沉，铆了一天劲的它们忽觉需要喘口气似的，不发狠了，开始闲散地溜达着，随处降落，雪量明显小了。

骆驼们在驼棚吃完冬储草料，纷纷找角落歇息的时候，雪已经很小了。站岗的战士已经不需要五分钟打一次报告揩脸上的冰碴，下哨的哈拉和巴尔虎交接完，就往宿舍里跑。哈拉一边高兴地聊着雪停了，一边用哈气苏醒双手。巴尔虎感慨下完雪明显比昨晚冷，接岗的兄弟要被冷得生冻疮了。

　　昭华庙里的老喇嘛一向习惯白天打几个盹，夜里睡不着的时候跟酥油灯对坐，一起瞪眼熬着，酥油灯闪动微弱的火苗亮着，老喇嘛也睁开双眼亮着。下雪的夜晚天光不是深邃的黑色，而是有点发着乌青的浅灰。没有暗夜的衬托，屋子内本来微弱的一豆黄光显得更虚弱了些。老喇嘛的眼睛，嵌在褶皱横七竖八纵横着的高颧骨上方，那随着年龄越陷越深的眼球，叫人害怕会因为衰老跌落。这双眼睛里跳动的火焰，历经几十年的闪烁，已演化成酥油灯的倒影，成为没有星星的夜晚凡间里的星星。他的眼睛在这雪夜格外亮着，老喇嘛今夜无眠，他在窗边盘腿而坐，等着窗外的天象。他想看看迎接牧羊海子的，是大雪过后长时间的艳阳高照，还是短暂停顿之后的残酷灾害。

　　西北方的冬天，太阳离人最远。通常早上八点钟，太阳才从地平线这床盖被一角，探出一点怕被冻着的额头，再瑟瑟缩缩赖着床，直到被天空母亲的大手拽起身。直到适应了冰冻的冷，太阳才逐渐舒展开来，放出一些暖热。昨天那场大雪过后，不知是太阳急着看看这久未谋面的白雪，还是冷得终于睡不着了，早上七点，沙漠最边上，就开始放出融融的金光，雪地里

折射、反射、散射，把牧羊海子照得如同上午十点多的光景。牧民们习惯了顺着天光作息、不看钟表定事，这日比前些天早起了一个多小时。这时候的炊烟已经开始升腾，灶台旁已经有忙碌的身影了。

冬日清早光线暗，为避免安全事故，阿拉善部队冬时令的作息由六点半出早操改为七点，军驼队的战士们听号音在院子里集合的时候，连长巴特已经从门外踩着咯吱吱的雪，踏进来了。战士们冻得脖子不自觉缩进毛领里，巴特却敞着怀，嘴里、鼻子里、头顶上都冒着白气。连长起床得多早，这会儿刚出操，他都从外面回来了。巴特站定看了眼集合好的部队，"带出去跑个三公里，都醒醒觉。"说完便喊着秦恩东的名字走进军驼队营房楼门。秦恩东正在公共洗漱间，弓腰站在长条形洗脸池的一端，边刷牙边看着白色泡沫顺着水流卷着荡往下水道。"今天早上这水拔凉，太拔牙了。"秦恩东嘴里糊糊噜噜，"等我一下啊，马上好。"巴特就站在旁边看着他刷牙。"你去屋里坐着，先坐先坐。"巴特盯着流水，眼仁没动，身子也没动。"你真是上火了，天冷成这样还敞着怀。""快点，有话说，听完了你也得上火。"秦恩东用冰水赶紧泼了几下脸，用手抹一把就端上脸盆往外走，脸上的水向下滴答，滴得很慢，像要被冻住了。

"我去老喇那了。""老喇没睡着？"

"没，他跟我一样，一晚上没睡。""啥新情况你说说，老喇不是很会看天象嘛。"

"今天太阳大，后天又得下了。""太阳都出这么大了。还下？"

"嗯。""今天看着一点云也没了啊。我早上起来看，跟前几天早上一样啊。咱看了这么些年雪了，一般这样，不就是劲儿过去了？"

"这次刚开始，天儿好不下了估计。""那今天这一晒？"

"对，再一冻。""后面还有再一晒？"

"嗯，之后再一冻。""这不完了？"

"火大不？""这……出去测测温。"

室外已经从前天上午的零下二十度降到零下三十度，"下雪不冷化雪冷"，骤降十度用来消耗厚实的满地鸡毛，好像也不为过。但是气温骤降对于人和骆驼却是考验。经历了一晚上的气温变化，在房间里的人感受不到太大的差别，暖气烧着，即便门窗漏些风，棉衣棉裤也还算是第二重防护。但只要有户外活动，再多的防护也无济于事，寒冷不需要对风借力，就能冻穿骨头，把骨髓冻得滞流。这一冷一热，病就趁着冷劲儿爬上人的嗓子、鼻子和额头。只消这一夜，牧羊海子家家户户的咳嗽声、吐痰声和擤鼻涕声此起彼伏。骆驼身上披挂着厚绒毛，自身又有调节机制与外部天气相适应，因此抵抗恶劣气候的能

力很强，但是大雪后沙漠湿气增加的情况下，气温大幅度的下降也会导致骆驼生病。骆驼感冒生病的几率虽小，但是骆驼却有一个特点是军驼队无法忽视的：只要骆驼感冒，对人的传染性极强。几乎一峰骆驼就能传染半个军驼队战士。倘真如此，军驼队执行任务的能力就会大大降低。秦恩东测完温度赶紧安排战士给驼棚增加垫草和棉絮。没想到的是，中午愈近，太阳愈照着暖和，雪地最上层居然开始融冰成水。战靴踏在地上，点点泥巴到处蹦洒着。

卫生队的王晓彤又给巴特打来电话。

"巴连长，没想到昨天下雪今天就放晴，我们卫生队准备从五连出发了。""好的。"

"真是天公作美，太好了。"王晓彤眉飞色舞地说。巴特沉默几秒，"注意安全，告诉队长请天黑之前尽量赶到。"

巴特摇摇头，对下雪不熟悉的人确实只在短时间里见得了晴雨表象，但是白天雪地表面化冻却意味着夜间的冻结，车在路上行走只能赶在道路上冻前。行车还只是一时之险，沙漠上若是再下雪再晴朗，再晴朗再下雪，地面层层冻硬，恶性循环往复，骆驼这个冬天就休想自主觅食。巴特终于从这一刻起朦胧中看到"事在人为"这个硬道理的软弱无力。一向坚信人定胜天的他，终于感受到一丝无奈，像重拳打在厚海绵上，他听不见回音，只把自己心里憋屈得慌。可三十多岁到底也许还算年轻，经见的事情还是少，他不知道这种无奈和无力，才刚刚开始。

果然如老喇嘛所料，晚上地面上了冻，阴云又从天穹的四周围拢过来。好在送军医的小轿车赶在天黑前进了牧羊海子，免受汽车打滑之苦。军驼队集体在门口迎接。卫生队一行三人，团卫生队长李白是老熟人了，多年来整个边防团的外科问题都指着老李妙手一双。边防团刚成立那年，老李还是小李，18岁当兵入伍来到额济纳，彼时他还只是一个有着医生父亲的新兵，没有接受过正统的训练。因着新兵连的时候把父亲粗浅教过的正骨妙招用到了扭着腰的战友身上，李白下连就被分到了卫生队。自然地，便开始了漫长的从医事业，如今已近三十年，医人医畜都在行。见得多了，老李形成了自己特有的口头禅："问题不大"。若老喇嘛是牧羊海子人灵魂的顶梁柱，老李就是维护他们身体健康的定心丸。大家相信，老李比自己更了解自己的身体。老李这次带来的另外两位军医都是第一次来军驼队，与老李家孩子年龄相仿。军医庞林从前一直在内蒙古军区巴彦淖尔军分区的一支军犬队当驻队军医，本科毕业之后就一直干着兽医的差事，对军犬的了解尤其专业。但是自从军犬队去年解散，庞林也失了业，分流到阿拉善军分区后就跟着老李在阿拉善境内走东游西，重新捡拾医人的本领。女军医王晓彤是即将毕业的军医大硕士，专攻心肌炎临床医学，从上军校开

电话

始就没有下过基层，今年正好有机会，她申请到内蒙古最西部的各部队巡诊一圈，收集阿拉善地区心脏病案例，以深入她的毕业课题。没想到在巴丹吉林沙漠的最后一站，也是今年的最后一站，竟是一个动物部队。对她而言是一个有趣的新体验。

夹道欢迎的队伍尽头是连长和指导员，只有老李清楚两个主官嘴角笑到耳根子的真实意义。走了这么多地方，裁改部队的前夜把为军驼队巡诊安排在最后一站，巴特和秦恩东是该开心，没准他们的到来就是一种信号，挽救军驼队于水火的信号。

军医刚一来队就投入到军驼队的感冒防治计划，紧接着第三天的凌晨，"鸡窝"再度被炸。

白灾来了。

最直接的表现除了无尽的雪，就是气温一再的下降，还有雪中渐渐张狂起来的风。这白灾的源头在蒙古国，从蒙古吹来的北风，把风刮来，把雪吹来，把更冷的寒冷带来。巴丹吉林沙漠以往也常遭白灾，但是已经很久没有过这么轰轰烈烈的侵袭了。白灾称其为白灾，它是雪对人们生活影响程度的一种界定，雪大到成为阻碍人们生产生活的灾难，便是害了。

仅仅下了两个昼夜的雪，雪量已经到人的小腿肚上方了。牧羊海子的牧民都尽可能减少出门，但是有一个人，却要着急地赶着出门。那是昭华庙里的老喇嘛。乌日娜踩着雪跑进军驼队院子的时候，气喘吁吁像是绕着整个牧羊海子跑了几圈一样。

气息都来不及倒过来，乌日娜叫巴尔虎喊来连长和指导员。巴特见乌日娜着急的神情，以为老喇嘛的身体出事了，两人面对面话还没有出腔，巴特就要拔脚去找军医。乌日娜摆摆手，朝后扞了把鼻涕，抹在袄子上。

"老喇拦不住啊，咋办啊，就要走！就要走！"巴特和秦恩东异口同声地问去哪，乌日娜一说"孟阿满扎"，巴特立刻会意。情况紧急，乌日娜、巴特、巴尔虎自然地用蒙语交流起来，这让秦恩东插不上嘴，他尴尬地笑了笑，转身走了。正专注说话的巴特，忽然发现身边的秦恩东往后退开，把秦恩东叫住了。"没事，我听不懂，你们说。"秦恩东耸肩摊手，强行拉起的嘴角里有一声掩饰不住地叹息流出来。

下午，王晓彤敲开秦恩东紧闭的房门，从来热情的秦恩东把王晓彤拦截在门口。"有事儿吗？""畅叙同学情算不算事？自从来你们这都没见你说几回话，我记得你那会儿学习时候挺会说的呀。"秦恩东犹豫几秒，说正好要去驼棚看眼骆驼，就叫着王晓彤一起去了。

王晓彤上学解剖过不少动物，一般女孩惧怕的蛇鼠都不在话下，唯独对于大型生物，有一种与生俱来的抵触。秦恩东教她怎么摸骆驼最舒服，她用食指轻点了一下就跳开。秦恩东教她请骆驼下跪的口令，她只站在安全距离外向骆驼喊话。秦恩东见她生疏，自己把骆驼按流程指挥一遍。虽然驼棚外已是半

米深的雪窝，但在驼棚里，军驼的跪下起立却轻盈得像人的坐下和起立，秦恩东指挥的正是头驼孟和。秦恩东滔滔不绝地给身后的王晓彤讲述着孟和的趣事，自己不时还笑出声。王晓彤看一会儿骆驼，再看一会儿秦恩东的后脑勺，她忽然有些怜惜秦恩东。秦恩东虽是汉族，但是就他的讲述，他比一般牧民还更了解骆驼，几年的工夫，对一个动物如此熟悉，如此热爱，是不易的。王晓彤记忆中熟识的秦恩东，他在班上是既有想法谋略又能说会道的优秀学员。但在军驼队，王晓彤几天有意无意的观察中却发现，很少有这个指导员说话的机会。论训练骆驼，战士们更笃信从小驯养骆驼的连长，甚至士官巴尔虎也比秦恩东在骆驼的事情上有发言权。论应对裁改危险，秦恩东刚才对着骆驼无意流露的一番话明明很有见地，但是面对着大家齐心一致保军驼队的信念，秦恩东的些许想法又显得不合时宜。就连与牧民群众的沟通，因为语言交流的障碍，秦恩东也不得不选择沉默。王晓彤好像明白这个曾经活泼的指导员为何总是咬着嘴唇。若不咬着些，他也许也不能保证自己频繁咽进去的话，会不会控制不住地跑出来。作为一个指导员，他承担了比连长更多的内心负担，尽管表面上是看不到的。王晓彤想问问为什么他有条件却不跳开这个地方，为什么外面有比军驼队指导员职务更适合他的岗位，他不去尝试。可看着秦恩东挨个儿给骆驼认真梳毛，摸每峰骆驼的鼻息判断骆驼是否感冒，王晓彤觉得自己的这些疑问不言自明。

　　庞林从营房出来偶然发现驼棚这一幕，秦恩东和王晓彤站在一处的情景是庞林经常在脑中构想的画面，他心头一紧又一沉，那个跟王晓彤站在一起聊天的人要是他该多好。他们站了多久，庞林便在远处看了多久，直到在雪地里把自己看成一个雪人，直到见二人神色淡然地走出驼棚，庞林才假装打水走开。他暗叹秦恩东跟女孩子说话居然手段一流，怪自己扭扭捏捏，近水楼台一起巡诊了一个冬天却始终不得"月"。要论讲解兽类知识，自己应算是最有经验了，如果聊这些算是能靠近王晓彤行之有效的办法，他找机会一定要一试。

电　话

白　灾

　　阿努亨短短几天里把两挂车的草料半卖半送地出给牧羊海子的牧民。大家都想趁着白灾刚开始尽可能囤积一点草料，怎奈阿努亨手上草料虽便宜但实在有限，其他远些的嘎查苏木，一车草从二百涨到七百也早被本地牧户和近处牧民抢购一空。大多牧户没有像军驼队那样建设专门的驼棚，家畜都在院子里露天养着。阿努亨的女儿黛青塔娜一有时间就在院子里清雪，为了保护家里的几峰骆驼和几十头羊，黛青塔娜自从雪下起来没睡过一个整觉。白天不停地往院子外铲雪，雪到人膝盖厚，骆驼尚好说，羊的肚皮擦着雪，根本无法行走。院子里的雪因着塔娜的勤快，倒是铲掉不少，但是房子北面围挡风和雪的院墙，却积起了齐墙高的一堵雪墙。夜里塔娜总要起床四五次，进羊圈把挤在一起的羊翻一遍，确保它们没有互相叠压，分开睡着。天冷羊饿，一到晚上羊总会自然地挤到一起取暖，但这样互相压着睡却可能导致下面的羊缺氧休克甚至死亡。几十斤的羊，塔娜挨个儿抱开，累得筋疲力尽回到屋子，又要去看看小羊。年龄小的羊最易被压，她晚上就把它们赶回自己的房间睡。可是小羊争抢着睡到暖气边或者火炉旁最暖和的地方又很危险。如果小羊晚上睡得太暖和，早上再赶到室外，羊不仅容易感冒，几十度温差的敏感又很容易造成小羊的血管破裂。塔娜在屋子里又得忙活着把小羊从暖气和火炉近处抱开，才能再休息半个钟头。骆驼比羊好养活许多，有一个问题却是牧羊海子上所有养骆驼的牧户和军驼队共同烦恼。天晴又阴，雪化又冻，沙漠上已经没有雪质疏松的地方了，雪下过的地方结成层层硬壳，厚的壳踩不破，薄的壳破成尖利的碎壳。骆驼习惯低头吃草，没草的时候就会去吃雪，它们像往常觅草那样用嘴拱地，企图穿过冰层，但是地表已经破碎的薄冰壳会把骆驼的嘴划伤割烂，零下几十度里皮肤破了口子，一旦破伤风，骆驼就难治了。庞林进驼棚里研究了半天，终于想出办法，高兴地把巴特和秦恩东叫进驼棚。他自信地宣布建议军驼队给骆驼装上嘴套，捂住口鼻，说以前在进军犬队遇到类似情况都会这样做。巴特几乎没有犹豫地拒绝了。庞林做兽医这么多年，在兽医学问题上，很少遇到别人想都不想就拒绝他的情况，何况他是想帮军驼队解决实际问题。庞林想想巴特欢迎他们时候高兴得涨红的脸，再看看他此刻愠得涨红的脸，心底也飘过一丝不爽。

"狗能戴，骆驼有啥不能戴。""骆驼跟人一样要脸面，连发情露粉肉球的时候我们都没给戴过，下雪更没啥理由

白灾

戴了。"

"那巴连长也不能看着骆驼烂嘴哇。""那我就让弟兄们守住骆驼，多教几次就会了。"

庞林看了一眼李白，眼神里期待着认同，没想到李白居然冲他摇摇头。李白太知道军驼队连长的脾性了，跟骆驼一样，犟住的事是拉不回来的。给骆驼戴嘴套起到的作用不会很大，加上天色差，人们心情都不好，再争执下去非点着了火不可，不如就算了。庞林知道李白是个善人，可在这种医学问题上队长居然也不坚持。庞林气得甩手离开驼棚，嘴里小声嘟囔着："狗能看门护院，骆驼还能当沙漠之舟吗？到时候嘴烂了我看你还要啥尊严。"

巴尔虎去仓库里收拾东西出来，没听到庞林和巴特前面的对话，但跟庞林擦肩而过的时候，却听着了这句没头没尾的嘟囔。巴尔虎不顾身份差别，擦肩的瞬间顺势拽住了庞林的棉衣袖子。

"你说啥？"

李白见巴尔虎和庞林贴在一处，三步并作两步上去把庞林拉开，带庞林走开。

内蒙古阿拉善巴丹吉林沙漠的大雪一直没停，风赶着雪，雪像水一样在路上恣意流淌，雪浪被狂风卷着溅起雪疙瘩，打在人脸上生疼。蒙古国吹来的风真是硬，随着牧羊海子受到的影响越来越大，越发能想象到蒙古国的另一番景象。

蒙古国入冬以来白灾就开始了。到十一月中旬，短短一个多月，蒙古国已经有百分之六十的国土被大雪全面覆盖，二十一个省有十七个遭到白灾的严重侵袭，将近二十六万人和八百万牲畜在白灾中艰难度日，每天有一千头牲畜在白灾里冻死或者饿死，半数以上的牧户每天都有家畜死亡，养殖数量少的家庭，牲畜甚至全部死亡，难以想象蒙古国人民怎样在家畜尸体遍地的土地上煎熬着。对于生活在草原和荒漠上的牧民来说，牲畜是唯一的生活来源，一旦失去牲口，一家人就无法正常生活。来年开春没有了牲畜，就无法生产价值。就算是卖，也没有什么可卖了。把一个家庭的收入来源全部截断，相当于让人在绝望困境中还看不到一点希望，这让日子更加难过。

不消说开春，单说眼下，经常性的断水断电，牧民举家在黑暗中静默成为蒙古国家庭的常态。牧民们不敢多动，人一动就要消耗热量，就会饿，而大多数家庭要靠着两盆冰冻玉米或者几麻袋土豆，就上一缸咸菜度过漫漫白灾期。生理上的饥饿显而易见，为了不使后面的日子太难过，牧民们把饥饿均摊在所有苦日子，每天都饿着，每天都不要过分饿，那这一天便算是过好了。也因为这种长期性饥饿，单单自己活着就要绞尽脑汁、拼尽全力，很多家庭已经无暇再照顾牲畜。

有数据记录以来，整整六十年，蒙古国没有过如此严重的

白
灾

白灾，尤其还是在生活条件和技术条件大大进步的六十年后。面对着巨大的天灾，人类仍然没有办法抵挡伤害，抗灾和防灾的手段面对这场白灾依然是四两与千斤的差距。据蒙古国气象站最新数据评估，蒙古国白茫茫的整片土地上，最大积雪深度已经突破历史极值94厘米，达到了98厘米。这个积雪的高度相当于一峰成年骆驼身高的一半，相当于一头成年山羊的全部身高。

蒙古国白灾起来的时候，阿木尔正在边境卖秋天新贩的皮毛，除了一些富贵人家按照惯例每年都新买皮毛，普通牧民已经无暇、或者说没有余钱买他的皮毛了，阿木尔一车快涌将出来的皮毛，入冬一个月后还在车里拥挤着。实在赚不到什么钱，阿木尔就低价甩货，可有价无市。大雪的到来使牧民们鲜少出门。自身温饱和家畜温饱尚不能解决，何以产生额外的消费冲动。

阿木尔想趁着大雪刚至，准备开车离开口岸集市。但是蒙古国因多地大雪封了所有交通口，为了两国口岸居民安全和稳定，边境也实行了暂时性封锁。阿木尔原本想今年赚着钱给儿子买一个像样的生日礼物，悄悄送给他。钱虽没赚到，可因为是儿子的礼物，他咬牙买了。巴尔虎除了骆驼没什么特别钟爱的东西，他就请蒙古国的工匠，历时半年给巴尔虎打了一对鎏金木雕骆驼鞍，美观、坚牢又舒适。可如今回不了家，礼物也无法如期送到，阿木尔很是心焦。这么多年与儿子关系冰冻未化，今年终于要鼓起勇气试着去和解，可是天却不遂人愿，他不知道自己的勇气还能否撑到明年，但他确定的是，未来三百六十四天，他又将没有机会破冰，直到第三百六十五天的来临。

大雪使蒙古国境内信号时断时续，阿木尔守着电话接连打了三天，才把昭华庙唯一一部座机打通，找到乌日娜。他告诉乌日娜蒙古国的情况，也为回家送礼物之约没办法成行深深叹了口气。电话那头的乌日娜也轻叹一口气。自从知道阿木尔给儿子送礼物的决定，她曾在脑海中想象了很多遍父子再次建立沟通的场景，就在她感觉亲人身体与灵魂双重分离的日子快要熬出头，这场大雪就这样硬生生把人与人的桥梁拆散，且不仅仅是拆散。现在就连丈夫的讯息也要随着信号越来越弱，即将消失在她的视野中。幸运的是，四十多年的人生苦乐让她明白，好与坏并非阴阳两面，在绝望和美好之间，还有一种不灭的可能叫等待。只要她还能看见等待的希望，只要这场大雪终于还是能过去，她便愿意等。

相比蒙古国六十年未遇的大雪，巴丹吉林沙漠的白灾似乎仁慈一些，但这仁慈也仅是表象，蒙古国汹涌而来的风雪不过是经历了高山和沙漠，翻山越岭来到牧羊海子，耗费了不少力气，才算没有铆足劲。但对于不能看见蒙古国雪况的牧羊海子牧民，这里毫无停歇迹象的大雪时日，已算是牛马岁月。

罪　恶

　　大灾之中，人虽多蛰伏，但是饥饿和寒冷背后，总有人想挣扎，也总有一些罪恶从雪的边缘，那些泥泞肮脏之处缓缓衍生。

　　阿拉善牧民还没有过度放牧之前，沙漠化还没有现在严重，阿拉善地区大片的荒漠草原还长着稀疏的荒漠植被。当时牧羊海子的海子还剩一个小小浅浅的水洼，没有全面被沙漠吞噬。虽是干旱，但是荒漠上的生灵都是最耐活的，狼、狐狸、旱獭、獾猪这些中型动物，野兔、沙蜥、蛇鹰等小型动物，在巴丹吉林沙漠欢快地生长。生态平衡的状态大抵指的就是这样。并非水草丰茂，动物野蛮生长就是美妙的事，对于荒漠来说，水土刚好够动植物的自然生长，谁也不会多争抢自然的恩赐，谁也不会因为无可生存而消亡，便是平衡的最佳状态。得益于边境警察管理队联合边防团军驼队的日常严打，巴丹吉林沙漠的各类国家保护动物，从几十年前的种类骤降，数量剧减，到逐渐把动物灭绝曲线控制在一个水平面，新世纪以来动物的存活率甚至有所回升。边警队和军驼队虽属于不同的编制体系，但为了协同保护巴丹吉林沙漠的生态，军警联合，分工明确。边警队负责日常在各苏木嘎查周边的巡视，军驼队则在边境和沙漠深处这些少人踏足的地方进行日常巡逻。早年间，因为旗县周边荒漠距离牧民聚居地近，偷猎方便且成本低，曾有不少来自近处的偷猎者神出鬼没，将打猎得来的保护动物塞进面包车，伪装成运输蔬菜或者做皮毛生意的专门车辆，连夜送出阿拉善，送到新疆、宁夏和中蒙边境的黑市进行皮毛交易或者食物买卖。但是随着边警队对进出阿拉善各交通点布置关卡，加强对来往可疑车辆的仔细盘查，将缴获保护动物的车辆一律拉入阿拉善地区准入黑名单。偷猎者发现旗县周边的生意越来越难做，便动了往远走的心思。毕竟如今如此低成本又有巨额利润的买卖不多了，即便是赔上几十、几百块的车油费，做成一笔交易依然够自己潇洒快活几个月，所以胆子肥壮些的偷猎者，选择换上沙地轮胎，进入到大漠的腹地。军驼队在沙漠中心和边缘的巡逻都配有步枪，一来是起到威慑作用，二来是准备不时之需。

那时候巴特和秦恩东还是刚分下来没几年的排长，为了熟悉情况，时任连长安排二人跟巡逻分队工作。巡逻路漫长枯燥，骆驼兵们跨坐在两座毛茸茸的小山之间，随着骆驼不紧不慢的步伐晃悠着，慢吞吞的摇摆，再配上温吞吞的阳光，晒得人直

犯困。为了集中精力，秦恩东不时地向后回头看行走在后面的巴特，问询这个本地人沙漠偷猎者的一些情况。巴特告诉秦恩东，有一些偷猎者实在不会打猎，只是因为能买得起枪，又听说偷猎国家保护动物可以赚大钱，便利欲熏心地加入暗地里涌动的偷猎团伙。称之为"团伙"，只是通指有这样一类眼里没装着任何信仰，只能看见钱的人。这种人在巴丹吉林沙漠是极少数。因为大部分牧民，无论是蒙古族还是汉族，从祖上就有着死生不可侵夺的信仰，无论是宗教的，个人的还是对自然的信仰，都使他们活得踏实安详。尽管牧民中没有几个大富大贵，但是祖先的信仰带来的基因惯性和生而为人内心的原则底线使他们终其一生也无法做到因为金钱而与信仰割裂。这种割裂倒不是人性之高尚几何，只是割裂给他们带来心理直至生理的自我折磨让他们自己无法消解。因此似乎没有人刻意离开信仰，没有人刻意坚守信仰，一切只是自然而然。"草原上有狐子和狼，人间上有明人和盲"，沙漠上流传的谚语一定程度上解释了偷猎团伙出现的原因。有信仰的人们实在无法推己及人地去思考另类出现的理由，只好看着山间奔跳的狐狸和狼，来喻这人间。

以金钱为利益趋向的人，又怎么会真正成为团伙呢？也许有共同信仰的人之间会有共通的心理和期望，但是瞳仁装满铜钱的人只能各自心怀鬼胎。因为钱的多少，赚钱的渠道和花钱的观念在每一个人心下的衡量都没有恒定标准。只能各行其道，知道哪一个营生能赚钱，便自己想着法子钻进去，探听新的情报，寻找昂贵的猎物，联系最佳买主。哪有人会真正抱成团，均摊一杯羹呢？形成团伙只是自身能力低劣的证明，通过这种方式壮胆行恶。偷猎珍稀保护动物像是众老鼠啃食一株向日葵。没有均分，没有先来后到，只有争夺，只有消耗。

吃向日葵的老鼠有大有小，偷猎保护动物的人也有胆肥胆怂之分。很多偷猎者隐藏自己偷猎的身份。在巴丹吉林沙漠中生活的人，即便拒绝与众有信仰者为伍，也难免受到观念的熏陶。有些偷猎者深知自己干着丧良心的营生，也知道偷猎不是长久之计，总会有一天不是被抓就是自己主动放弃。心里存着干完几票就收手的侥幸，谋算自己偷完猎还是要继续在巴丹吉林沙漠生存，还是要与邻人接触，便想把这种不可示人的龌龊掩藏起来，藏得越深越好，最好不要被军警逮捕，最好不要把提心吊胆赚来的赃钱露出，闷声发了大财，再闷声地活着。

而有个人却不这样想，他的公开身份就是偷猎者。巴特和牧羊海子牧民们都熟知的偷猎者就是他——大榔头。大榔头只比巴特大三四岁。他的名字来源于十五六岁的时候，凭一把榔头打死一头野驴[1]的事情。他认定自己从那时候起就有了偷猎的天分，此后便没再上学，又没有找工作，从来不跟嘎查同龄

1 国家一类保护动物，中蒙边界偶尔出现，数量极少。

罪恶

人交流沟通，靠着一双"黑手"二十二岁的时候就赚得盆满钵满。身上一串金一串银，还为了显贵特地忍痛打掉二门牙，镶上一颗闪闪的金牙。偷猎不露富的规矩在他这没有任何效用，他就是要让人看到自己当年打野驴的天分为自己赚来优渥的生活，跟嘎查甚至是全额济纳的同龄人不在一个层次。"扑得欢、趴得展"，是昭华庙老喇嘛给大榔头下的定义。如老人家所料，不到一年的功夫，大榔头就撞在边防警察的枪口上。在一次关卡检查的时候，查获了大榔头满满一后备箱的动物皮毛，有新打下的，有旧收的。皮毛中有国家二级野生保护动物石貂皮和猞猁皮，完整的动物尸体有国家二级野生保护动物黄羊[1]、岩羊和盘羊。几乎偷猎者们能捕杀到的保护动物，大榔头的车上都装载着。警察们既愤慨又惊叹，几天后，大榔头按照《刑法》，蹲进了牢子，一待就是七年。

本以为七年的劳教即便不能使人改头换面，也能够有所改观。可大榔头出狱之后，堂而皇之地重操旧业了，唯一与以前有所改变的是他不再招摇过市。尽管他默许每一个人知道他的业务，但是已经没有人能掌握他的行踪。时至今年，边警队和军驼队都没有发现关于他的任何蛛丝马迹。

大雪在巴丹吉林沙漠随处游荡，尤其在原本形成绵延山包的沙漠上。沙山顶在高处，被风吹得存不住雪；低处的沙山谷

---

1 黄羊又名鹅喉羚，国家二类保护动物，目前近于绝迹。

底接受着来自山顶和天穹两重雪量，夸张地堆砌着，把谷底填得就要与山顶比肩，从牧羊海子远望过去，原先有峰谷的流线型黄色沙漠已经变成了一马平川的茫茫雪原。这之间有多少虚实，牧民们已不敢凭经验分辨，更何况实地踏足。而军驼队因为从下雪始就一直坚持每天沿外缘巡逻，一直有一条被骆驼踩出的羊肠小路。雪狠劲地覆盖，骆驼也就使着劲踩，尽管这场博弈悬殊巨大，军驼队的巡逻路线始终还算略有印迹。

这天，轮到巴尔虎带队巡线。一路上骆驼走得很吃力。风雪绞着，尽管骆驼有浓密粗厚的长睫毛，也快睁不开眼睛了。巡逻路上还如往常一般，基本无事，连从前经常跳出来吓骆驼一跳的野兔，近日也躲进地洞再不出来了。巴尔虎一直在想是不是大雪把野兔的洞锁死了，兔子还有没有活路了。出神地想着，忽听很远很远的深雪里有一声沉闷的重响，像蒙在被子里的枪无意走了火，是"咚"的声音。

"班长！"有小战士喊了一声，巴尔虎比了一个"嘘"的动作，翻身跳下骆驼，趴在地上把表面松散的雪刨开，耳朵贴着雪面仔细听。刚趴了两分钟，雪已经把膝盖以下没湿透了。

"你刚才也听见了吧？"巴尔虎直起身子向小战士确认，可真的跳下骆驼听，又没有声音了。大雪中，还是万籁俱寂。小战士明白班长指的是什么，点点头，又摇了摇头。"班长，会不会是野驴子打架的声音？"巴尔虎还是相信自己的直觉。

"再等等，再听一会。"

巴尔虎湿透的裤腿冻硬了，小腿也没了知觉，他敲了敲自己的腿，是冻僵了。忽地，深雪里又传来一声闷响，是枪声！巴尔虎立刻拍了一下骆驼的臀部，"得儿——"他示意骆驼跑起来，小战士明白过来，又不方便大喊，给后面的骆驼们勾手做了一个加速的手势，一队骆驼都小步跑起来。骆驼在雪地上的小步跑与平日的小步跑速度差了两倍，但也是现下骆驼的最快速度了。巴尔虎对巴丹吉林沙漠的了解让他下意识地决定不能兀自走进深处。人和骆驼被白雪刺着眼，根本分辨不了前面积雪高度的虚实。眼下唯有趁偷猎者还纵情偷猎的时候，赶紧赶回营区，去报告巴特。

巴特对骆驼太敏感了。彼时院子里带着战士扫雪的巴特，远远就听见一队骆驼小跑的声音，他立即命令在营的一半官兵骑上骆驼随他去与巡逻小分队碰面，喊了一声正在驼棚修理棚架的秦恩东，告诉他可能出事了，说罢两人便一人走一人待命，默契分工了。

这面，巴特与巴尔虎很快就汇合，听了巴尔虎的报告，巴特感慨了一句："这个天气单打独斗偷猎真是想送命。"他又看了眼巴尔虎硬僵僵的裤腿，即刻命令巴尔虎带巡逻队先回去传话。巴尔虎要跟着去，巴特瞪了他一眼，没有理会巴尔虎的请求。

"赶紧回去告诉老秦，让他抓紧跟团里报告情况，看边警队那边……"巴尔虎正认真听着，巴特忽地抿住嘴唇不说话，腿从雪里拔出来，又换个地方踩进去。"不行，这深度边警队的车进来也得陷住。你让老秦问问团里能不能从牧户借点骆驼一起跟着，能在这个天气出来偷猎的不是一般人了，不好抓。"巴尔虎再分辨了一下巴特的眼神，是不可更改的坚定，他反应过来再拖一秒就耽误一秒，立马拍了下骆驼的屁股，带着小分队走了。

以往几年下雪的时候，巴特曾经带领全部军驼队在巡逻线附近进行了一段时间的雪地行进训练，骆驼们学会了在骆驼兵的引导下，小心翼翼向前试探雪的深浅高低，基本具备了雪地探路的能力。但是前几年的雪与今天的相比，骆驼们已掌握的技能算是彻底失效。以往的雪沙山虽被雪覆盖，仍然有峰谷之差，骆驼兵和骆驼最起码还能判断沙山走势，如今的沙山，就连从哪下脚都不知道。若起步在山脚还可一路沿着走，从最低处走，无论走到哪，即便是走错了路也不会踩空。如果一个不小心站在沙山顶，面临的可能就是一峰骆驼和一个骆驼兵的坠落。巴特绝不会让军驼队面临这完全不可预测的危险。

但是谁要说不让巴特去围堵偷猎者，巴特又绝不会同意。他站在原地转圈，战士们直勾勾看着他，感受到连长的焦灼，却不知连长心里此刻已是麻团乱线。这是今年冬天以来第一个，也是绝佳的展现军驼队实力的机会。巴特知道前几天庞林

说的话并不是庞林一个人的想法，要想不被裁撤，军驼队光有巡边和驮运的能力远远不够，军队的编制不可能为一个与打仗渐行渐远的部队驻留。现在有一个抓捕偷猎的机会摆在面前，只要抓捕成功就是"一木支危楼"，就能证明军驼队存在的意义。如果不执行或者执行不力就相当于承认自己带的这支部队不行。况且，偷猎者就在那，执行任务是军驼队的职责所在，论任务属性和地域辖区，他无可推卸。巴特四下里张望着，大雪像是跟他玩一场伪装游戏，曾经对周围地形了如指掌的他居然在此刻分不清哪里曾是高峰，哪里曾是山谷。他担心战士和骆驼的安危，自己在前面小心翼翼地探路，不知过去多长时间，巴特终于找到一条靠近枪声传来方向的路，当他带领队伍冒着汗终于翻过一座山，却发现前面是一座又一座看不清晰的山。他稍感一丝挫败，又不想让战士发现，咬咬牙继续去探第二座山的路。

巴尔虎急匆匆赶回营区，把巴特交代的转述给秦恩东，秦恩东当即给团部打电话。可他们一峰骆驼的增援都没有叫到，边防团经过与边警队的短暂接洽，准备派军分区给沙漠地区新配备的两辆沙漠雪地履带车出动。团长和政委唯一担心的问题，是这两台雪地车是第一次正式开动，他们不确定车里的柴油在超级低温下是否能正常供能。

有了这个方案，团首长希望军驼队连长巴特能马上归队。

但是让谁去找巴特呢？军驼队没有人比他更熟悉巡逻区域的地形地貌，他爱驼如命，但凡有危险绝不会让军驼贸然行动。他自己应该能有所决断。抓捕关头，无论于组织还是于个人，生命安全尤为重要。万一寻找巴特的力量再有所损失，就是雪上加霜了。边防团最后下达的相对稳妥折中的通知是：即刻派出雪地车，由熟悉车辆情况的军驼队指导员秦恩东和边防团司令部参谋带车。若途中与巴特相遇，立即告知返回，雪地车在保证安全的情况下务必完成抓捕任务。

不去想人和动物在大雪中的行进何其艰难，单看雪地车晕头转向地探路，一会儿在类似山顶处以大于四十五度角的坡度突然倾斜，一会儿在类似山脚处碰碰车似的车头直怼山体前进受阻，就能想象到巴丹吉林沙漠的茫茫景象。通往沙漠腹地的路有那么多条，雪地车差自顾不暇，压根没有机会在路上与巴特的队伍偶遇。车里的指挥员只好铆足劲寻找间隔时间越来越短、声音越来越清晰的枪声。显然，偷猎者正沉浸在打猎的快乐里，对雪地车的逼近没有任何感觉。

直到两辆车从两面夹击，柴油吃力地带动雪地车突突的声音被偷猎者听见，他们才发现自己即将是瓮中之鳖。偷猎者不是一两个人，他们有着配备两辆沙地越野车的规模。对于巴丹吉林沙漠地区的偷猎者经常单打独斗的状况来说，这个规模很少见，怪不得敢在白灾的风雪陷阱里冒死前行。也正是受着风

雪在两方角力中形成的天然阻隔屏障，偷猎者认为自己可以抓紧向自己的越野车靠拢，尽快逃跑。偷猎者们在雪中暴露了应该不止一个小时，身上被雪蒙得厚厚的，几乎与雪沙山融为一体。他们陷一脚拔一脚，艰难地向越野车聚拢，只有脚下黑色皮靴的时隐时现，能让秦恩东和团参谋辨清他们在哪个方位。深雪太吃履带了，雪地车开足马力，前进得还是很慢。驾驶员把雨刮器调到最快频率，依然赶不及大雪大把把自己扔在车窗玻璃的速度。

偷猎者与近旁的同伙大喊着什么，但是他们刚说出来热乎的话，又立即再被风送回嘴里，说话的人牙齿酸得打了一阵冷战，听话的人只听见嗡嗡的人声，一句清晰的都没有传进耳朵。眼看部队的车靠得越来越近，有人继续在风中大吼着。贪婪使他们不顾性命偷猎，贪婪也使他们丢弃猎物逃命。有偷猎者率先靠近在雪中深陷的越野车，两辆车发动多次，在雪中艰难起步。秦恩东惊叹他们的车居然可以在极低温状态下发动，要是一般的车，在雪地里停放这么久早冻坏了，毕竟不是什么车都能扛得住零下四十度的低温。他忽然想到，大榔头应是所有偷猎者当中最有钱也最有胆的人，眼前的偷猎者莫不是他？秦恩东不确定，但是他想试试。他翻出雪地车里的扩音喇叭，使劲摇下冻僵的车窗，车窗咯吱吱艰难落下。风雪忽地扑进雪地车，秦恩东眼睛被迷得睁不开，他就干脆闭着眼睛，把扩音喇叭举到窗外大声喊着："前面偷猎的，站住！大榔头，站住！大榔头！"本来即将聚到一处的两辆越野车，意识到了什么，忽地调转车头，彼此背向行驶。团参谋见这种逃法，让秦恩东把喇叭收回来，用对讲机喊话远处相向开过来的另一辆围堵偷猎者的雪地车。

"对方实施分散逃跑，立刻左转弯，追往北跑的那辆。左转弯，一起追那辆，另一辆放弃，另一辆放弃。收到回复。"

"收到。"

两辆雪地车登时各自向左向右转，以收口的行进路线直追那辆向北逃窜的越野车。越野车调转车头跑的时候，团参谋发现偷猎者手段高超：他们分两边跑开，企图迫使雪地车分头行动各追一辆。因为距离还算是远，路又难走，偷猎者还有一些逃跑上的优势。如果情况好，两辆车都可以逃脱追捕；即便是运气不佳，有一辆车被捕，另一辆还有逃脱的可能。可贪婪让他们把对方雪地车上的人也想得与他们同样贪婪。团参谋当即决定反其道而行之，想让我部分头追，我部偏只包抄一辆偷猎车。

眼看着收口结束，被追的越野车上跳下几个人，使劲从后备箱往外抛掷猎物尸体。他们量追捕者无法在深雪里一一捡拾这些尸体，因为每一次捡拾面临的可能就是捡拾人的踩空跌落。而且雪量如今天这般，过不多久尸体们就会被雪全部掩埋，罪恶也会被深覆在这里，到时候的雪沙山又是一片纯净的白。即

便今天难逃被捕噩运，车上的猎物尸体越少，他们要缴纳的罚款就越少，被判的刑期就越短。

几分钟以后，大榔头和车里的同伙，一齐被团参谋和秦恩东押上雪地车。大榔头一上来，既没有半分悔意，也没有一丝不乐意。"心服口服，这都能找得进来。"秦恩东见过形形色色那么多人，唯独没有见过脸皮比沙山拐弯处还厚的。大榔头解开防寒服拉链，一肚子肥肉从裤带外头流出来，肚皮快速起伏着，嘴上喘着粗气。"是不是以为抓不住你？"秦恩东眼睛都没有往后座瞥一眼，擦拭着扩音喇叭。

"可不。"大榔头隔着被雪糊住的车后窗往外看，看见另一辆越野车越跑越远，他的笑容慢慢收起来，不顾身边有军人坐。"去他妈的，还跟老子称兄道弟。我他妈被抓了，狗日的比野兔子跑得还快。领导，不用让你的人追他了。他今天跑得了，有我榔头在，他他妈的明天能跑得了？我马上就告诉你车上有谁，装的些啥货，不判死他个狗娘养的。"团参谋斜睨了一眼大榔头，慢慢地说："别骂人家。你先掉头跑的。""嗨！我这是计策，想着分头跑都能甩脱。现在我他妈的被逮了，那个狗东西比刚才跑得还欢。一天他妈的榔头哥、榔头哥，我就应该一榔头抡死他个黑心货。"

没有意外，另一辆雪地车也追上了另一辆越野车，没多久，雪地上只剩两辆雪地车的车辙印，两辆越野车躺在雪沙山的两

- 110 -

处，被大雪一层层包着，越包越厚。

雪地车虽比平常的履带车走得慢些，但是安全系数高。回去的路上秦恩东让司机绕了不少路寻找巴特和军驼队的身影，一直没有找到。直到快要翻过沙漠腹地，到达沙漠边缘，才发现在顶着风弓腰前行的巴特一行。秦恩东跳下车，紧走了几步到巴特跟前。

他一边给巴特拍帽顶的雪，一边想把情况跟巴特说说。"叫上弟兄们先上车缓一缓吧，太冻了。"巴特摇摇头，"还没找见那点人，枪声也跟丢了。"

"嗯……"秦恩东看见巴特眼神里的复杂，那是夹杂着丁点希望和满满绝望的眼。他犹豫了，不知道该不该开口。"团里给派的车？"巴特知道团里有两辆雪地车，一直没见着用过。这次终于还是没有给他派骆驼增援，用了这两个大家伙。

"嗯……"巴特发现秦恩东眼神有点躲闪，以为是雪迷了眼睛。他摘下手套，想用手上的余温把秦恩东脸上的雪水化掉揩走。可待在室外的时间太长，手已经冻得跟不戴手套没有区别。"老秦，是不是已经抓见了？"秦恩东见巴特反应过来，更觉没法说话。巴特甩掉手套，扒开站在对面的秦恩东，用了所有劲在雪里划，冲向雪地车。当他看见坐在车里的大榔头，他愣了一会儿神，都没有听见团参谋请他上车暖和暖和的话。再回到自己的骆驼身边，他背对着秦恩东，一下下拍打着自己

骆驼身上厚实的雪。秦恩东知道巴特安静躯体下正遭受着一次崩坏塌陷。他把巴特手套捡起来，掸掉上面的浮雪。

"老巴，你上车暖暖，我把孟和带回去。"巴特摇摇头，"你走吧，我不坐那个车。"

"你不坐弟兄们咋坐，你看他们冻成啥了。"巴特怕被秦恩东发现他脸上偷偷滑过的两缕暖流，把头别向一边。赌气似的朝着后面的驼队喊："谁冻得不行了？上车！"见没人敢说话，他自己沿着驼队一个个看过去。有的战士嘴唇已经从紫色变成白色，努力克制着颤抖的身体。巴特把他们拽下骆驼。"你、你、你，还有你，给我往车上走。"战士们还是没人动，他们不知道自己走了骆驼还能怎样往回走，丢下啥也不能在这种时候把骆驼丢了。

巴特一直走到驼队队尾，再一点点往回走。他把每峰骆驼的尾巴都拴在后面骆驼的辔头上，让军驼队所有骆驼首尾相连。做完这些，巴特冻得没有知觉的手开始裂口子，往外淌血。他把秦恩东手中的手套拿回来重新戴上，不让战士看见流血。

"骆驼我拴好了，不行的赶紧上车！别回去给我病了干不了活儿。我还等着用你们。"最后巴特留下两三个战士一起跟他赶着骆驼回牧羊海子，其余的战士随秦恩东的两辆雪地车提前返回营区。坐车离开的秦恩东一直向后望，看着自己的搭档一米一米地越来越远，他有些于心不忍。自己的能说会道在巴特的倔强面前总是没有用武之地，落得老巴受着冻，自己却暖和着。

　　巴特看着远去的雪地车发呆，他想过机动车能比骆驼在机动上多一些能力，但是没想到冰天雪地里它还能执行任务。他明明学过，即使添加防冻液，即使用特殊材料做固件，机油和发动机在零下三十度以下的温度，会有百分之六十五的启动失败概率。但是今天，雪地车满载而归的时候，自己和骆驼却还没有找到走进沙漠腹地的路。他觉得尴尬，觉得可笑。是自己太没有能力帮助骆驼探路，骆驼本来有胜算的可能，却被自己屡试屡败的尝试，错过了抓捕偷猎的大好机会。自己苦等的机会，居然被自己亲手浪费掉。后面的路，巴特不知道自己是怎么走回去的，奇怪的是，他渗着血的手一点都不觉得疼，反而胸口有点刺得慌。

　　抓捕任务结束的当天晚上，巴特开始发高烧。外面的气温零下四十度，巴特的体温零上四十度。李白和王晓彤试了给巴特打退烧针，贴退热贴，吃退烧药和冷热敷的各种办法，到了第二天上午，巴特才退了些烧，人也醒了过来，但还是三十八度五的高热。王晓彤惊叹这个蒙古汉子的身体修复能力，要是一般人，即便身体没有高烧出血，被折腾成这样，也早就虚空了。

　　当众人都以为巴特躺在宿舍休养，巴特已经坐起来，把本子放在腿上写写画画。

执　念

　　黛青塔娜因为替阿布阿努亨送草料，经常来往军驼队。她从没听见巴特大哥有过什么病痛，每次都跟她简短地对几句蒙语，唠唠家常。为着说这几句话，塔娜经常假借草料拿错、拿少或者手头的快卖完了，多跑几趟军驼队来送草料。这一次听见巴特高烧，塔娜想过来看看巴特大哥。昨天晚上踩上高筒靴子，冒着大雪赶到驼棚后面，借着雪色往排房看，看见离驼棚最近的那间宿舍黑着灯，塔娜猜想巴特肯定难受睡了，就再没往大门口绕，悻悻回家。阿努亨在家，看女儿急匆匆跑出去，又慢吞吞走回家，板脸坐在椅子上等塔娜回来。

　　"阿布，没睡？""雪下成啥样了，还往那跑。"

　　"哪啊。""呼恒 [1]，阿布跟你说了多少年了，有家室的男人不要往近走。"

　　"没有啊，我没走近啊，多说两句话不算吧，阿布。""一年两年别人看不出来，那五六年，不上心的也能看出来了吧。"

_____

1 蒙语意为女儿。

"当事人没感觉就不算。再说了，我又没拆散他跟彩霞姐。""呼恒，那你自己二十六七岁的姑娘了，就这么吊着呀？"

"没有吊着呀，我去呼市工作不就找对象去了。""找了两年没找见？"

"那没有合适的嘛，那不能硬找哇。""你心里装了人了，别人你还能装下呢？"

"阿布，别说了。白灾过了我就回呼市工作。"阿努亨一声叹息，"我看你工作也能换一个了，干个正经点的营生。"

"工作是我自己要干了，人家就是帮我联系了一下。"阿努亨没有再接下去，他站起来，把肩上的棉袄往上拽了拽，回里屋睡去了。

这样的对话父女之间每段时间都会有一次，以前他不好意思跟闺女挑明，一两年暗示那么一两次。随着闺女岁数越来越大，只要和远在呼和浩特的黛青塔娜通电话，他都会说几句。他怕闺女执念太重，伤了别人更伤了自己。彩霞又跟巴特常年两地，他怕，怕真的发生些什么。两年前，闺女选择到呼市工作，他高兴了很久，塔娜终于要开始新的生活。但没想到这次回来，闺女还是跟离开家之前一样，一点都没变。

第二天，塔娜早早起来炖了生姜驼奶茶。姜散寒，驼奶修复身体，砖茶利水。塔娜心里美滋滋的，这份汤巴特大哥要是喝了，烧估计能退不少。白灾越来越严重，阿布叮嘱过塔娜，

这个冬天没有三分奈何别开火，家里存的碳和木紧巴巴地用，才能挨到开春。塔娜怕阿努亨发现，在阿布起床之前熄了柴火，把汤赶紧装进饭盒，裹在大棉猴里出门了。不料雪太大，挡了塔娜家一半的门。塔娜一开门，雪涌进来，直接淹没了她的小腿肚。塔娜只好把饭盒放在尚有余温的灶上温着，把渐渐融化的雪扫出家门，才又急慌慌抱起饭盒往军驼队方向走去。

塔娜跟岗哨打了招呼就进了营区。巴特在房间里靠坐着，正好挨着窗户，他从门口就看见了塔娜拎着饭盒走进来，他赶紧躺下，怕塔娜从窗户上看见自己。黛青塔娜从小起，巴特就把她当小妹妹看待，现在却越来越不敢这样了。

巴特来牧羊海子当兵的时候，塔娜刚小学毕业上初中。二人自从认识，塔娜就一直喜欢跟巴特玩。巴特平常不怎么外出，即便有休息，也只是到镇上集市买着东西去昭华庙。塔娜不是屁颠屁颠跟着巴特跑进昭华庙、跟老喇嘛待上一天，就是央着巴特一起到镇上买吃的。一次元宵节，塔娜跟着巴特赶集，在一个摊子上待了半晌，二人差点忘了去昭华庙给老喇嘛送酸果果干。因为集上第一次来了一个会纹绘的蒙古族手艺人。他们凑得近近地看，最后索性坐在旁边的地上看。

塔娜看着看着，几度抹起眼泪——因为手艺人给一个牧民的纹绘。牧民是牧羊海子上的羊倌，他的小女儿前不久在一次高烧中大庆霉素过敏，永远地离开了他。他不知道怎么表达悲痛，不知道怎么表达想念，他只告诉手艺人他想告诉女儿，阿布永远爱她。手艺人默然许久，向他要了一张女儿生前的照片，就开始在他的左心口扎起细小的针眼。

在靠近心脏最近的地方扎一万多下，那种疼痛塔娜无法想象，只是不停地凑上去问羊倌疼不疼。羊倌沁着汗珠，红着脸，抿着嘴，却一直摇头说没事。当小女儿的照片完整地纹在胸前的时候，羊倌笑了。他给刺青师深深地鞠了一躬，说刺青的疼与失去女儿的痛相比，算不得一分一厘，现在他能永远跟女儿在一起，他很高兴。塔娜回家的路上一直跟巴特念叨，自己以后工作了也想去当一个刺青师。

中专毕业后，塔娜在外面打了几年工，换了很多份工作，但都以不合适告终。塔娜二十四岁那年，巴特得知大学同学的妻子在呼和浩特开了家刺青店，他问塔娜想不想学，塔娜听了消息，一蹦三丈高，央告巴特帮她联系。巴特平生第一次有求于人，他咬咬牙给同学打了电话。同学一听是从不麻烦人的巴特，连声答应下来。第二天，塔娜就启程去了呼市，除了过年，两年的时间都待在呼市。塔娜的离开让阿努亨松了口气，其实也让巴特松了口气。

黛青塔娜这几年，除了一天天在成长的年龄，别的好像都没有变化。还是从十二岁那年起就一米六的身个，身上不胖但筋肉瓷实得很，小麦色的皮肤因为风吹日晒泛着点高原红，眼

晴黑溜圆，喜欢穿色彩鲜艳的衣服，又粗又硬的满头头发总是梳成齐整的宽麻花辫，背在身后。小伙伴们都说是她的头发压着她没长高，成了一个短小精悍的姑娘。但塔娜却觉得是因为自己装着的心事拽着自己，阻碍了外形上的变化。

这个心事，不知道是从哪一年开始的。但经过了十几年的发酵变化，当巴特从没有知觉到隐约不确定的感受，他有点害怕了。这是他从来没有遇到过的情况，他最懂如何拒绝别人，却不知道怎样和自己的小妹妹黑脸。他坚信自己行得正坐得直，却也担心塔娜单方面的一腔执念害了她自己。除了与塔娜进行物理上的分离切割，让自己有所逃避，巴特没有别的办法。今天早上阿努亨叔叔的一通电话，更使他相信自己别无他法，只能选择躲着。

原来，阿努亨昨晚根本没睡，外面的大雪也浇不灭他的心火。他想给巴特打个电话商量，但是巴特病着，他也不能由着自己打过去。到今天早上，他听见灶房的柴火噼里啪啦，又听见大门合上的声音，实在忍不住，试探着给巴特打了个电话，没想到电话接通了。这是他们第一次聊起来塔娜的事情。

巴特刚挂了电话，塔娜就进营区大门了。巴特躺下盖上被子装睡。塔娜小声敲了好几下门，确认里面的巴特没有动静。心想发了高烧确实也应该多休息，就把饭盒贴紧巴特的门放下，离开了。听见走廊里的脚步声走远，巴特爬起来，偷偷从窗户上看出去，发现塔娜来时头上戴的帽子不见了，但是外面雪又越下越大。巴特晕晕乎乎，起床打开门，看见地上躺着塔娜的帽子，帽子罩着饭盒。他真想跑出去把帽子还给塔娜，天寒地冻，姑娘家就这么光着脑袋出去，帽子留下来给大老爷们包饭盒，传出去了自己非得臊死。王晓彤看见巴特穿着毛衣站在院子里，从屋里的窗户上喊着："巴连长，还烧着，别受寒！再出去你就别工作了！"巴特一愣神，赶紧跑回宿舍。有军医看着，自己暂时没法出门，他只好回房间。塔娜的汤煮得真好，是自己最喜欢的驼奶的味道。但是他提醒自己，如果要跟这个妹妹隔绝，无论是人前还是人后，自己都得做得到，他已经答应阿努亨叔叔了。巴特看着一桶冒着热气的生姜驼奶茶，咽了口水，推到一边。巴尔虎敲门进来看连长的时候，看见了这一幕。他挪到饭盒边上闻了闻，便懂了。

"连长，不喝不太好。""唉，你知道啥。"

"不知道啥，知道不喝更伤人。""你小子是让我破戒。我说到得做到。"

"那也不能从今天开始。"巴尔虎说话干脆果决，巴特倒开始佩服这个"小大人"。自己要是能有巴尔虎一半的机敏和果决，也不至于像今天这么被动，弄不好他不仅丢个妹妹，也会狠狠伤到一个单纯女孩子的心。但是巴特的脑壳子里，处理社会关系的区域好像没有发育全面。对塔娜的事情，他只感慨

片刻，就又跟巴尔虎悄悄商量起别的事情。

"你中午帮我个忙。""嗯。"

"给我把孟和牵出营区。""去哪？"

"先别管去哪，跟我去吗？""去。你不烧了？"

"现在这点烧不算烧。你听我说，中午等他们休息了，你牵两峰骆驼出来，到驼棚北面栅栏外等我。""行。"

巴特给巴尔虎签了一张公差条，嘱咐巴尔虎多穿点，便让巴尔虎离开了。

中午炊事班开过饭，战士们陆续回房间休息了。大家看连长的房间安静着，以为他还昏睡着，谁都没有打扰他。巴特穿戴厚实，从柜子里抽了几只大布袋子，塞满身上所有口袋。听着走廊里脚步渐疏，直至没有声音。巴特猫着腰一溜烟跑出营房。再趁门外的哨兵都没有回头看院子里的时候，蹿到驼棚。他走进驼棚，有骆驼见着他兴奋，正要引颈长啸，巴特对着骆驼做了一个"嘘"的动作，骆驼便没了声音。巴特拍了拍骆驼，感慨这么多年真是没有白亲白养。他几下爬上驼棚北面的栅栏，跳出去了。可能是雪下的太深闪了巴特一下，也可能是身体发烧灼烧了巴特一些平衡能力，他这一跳啃了一嘴雪。再站起来，透过大雪形成的雪帘仔细往远看着，巴特看见巴尔虎正在自家房后等着，他便朝着巴尔虎的方向左偏一下、右歪一下，深一脚浅一脚地走去。两人汇合后，骑上骆驼一前一后朝着昨天从沙漠回来的那条路开将过去。路过黛青塔娜家的院子，巴特把帽子还罩在已经空桶的饭盒上，放在塔娜家的院门口，悄悄离开。

再走到军驼队惯走的羊肠小路，巴尔虎停下来，想问问巴特到底要去干什么。但他看见巴特在前面的骆驼上向前倾着腰费力地探路。好像稍微往前够一点，就能将前面的路看真切一些。发着烧的连长尚没说什么，他只好闭上嘴，继续跟着往前走。

巴特一直在寻找雪地车宽宽的车辙印，两辆雪地车的车辙印，在他看来，即便在白灾之中，应该也能很好分辨的。军驼孟和依着巴特的指挥，一点点顺着尚未完全隐去的印迹往回走着。这样他们能确保自己和骆驼在去往沙漠腹地的路上没有生命安全之虞，因为，更艰巨的工作还在后面。

终于，当他们看见了两辆扔在雪地里的越野车，巴特激动地给巴尔虎展示。"到了到了，就是它们。"巴特跳下骆驼，巴尔虎旋即也下了骆驼。巴特走过去给巴尔虎身上塞了几个布袋子，说了几句话，两人便把骆驼拴在一辆越野车的后视镜上，各自向两边走开。准确地说，又不是"走"，因为平常在深雪里走，人的双脚会一陷一拔。巴特和巴尔虎此刻的动作更确切地来说是"拱"，他们拱着雪，一步步往前挪移。拱过的地方不是一个个雪坑，而是两条被腿划出的长长的深沟。拱一会儿，弯腰捡一会儿。大多数的弯腰都不能拾获什么，他们就开辟新

执
念

的深沟继续向前。偶尔有所得，两人就往布袋子里装。

如果今天有太阳的话，他们跟时间的拉锯战，已经驱使太阳走过一个九十度。从正午到落日，他们各把一辆越野车半径二十米的雪地挪遍，腰以下的身体长时间浸没着，冻得完全没有知觉。像农民松土，把雪都从地上翻起来，雪显得更高了。以至于他们都分不清楚是疯狂的雪又给大地积压了五公分，还是自己的身体把它们翻上来五公分。他们把装满的布袋子搭在骆驼身上，解开拴绳，踏着更加模糊的来时路回家。

等两个雪人和两峰雪驼一摇一晃地迈进军驼队营区，秦恩东、李白、王晓彤等一众人已经站在营房门口列成一横排，没有一个人的表情是轻松的。巴特被门口的阵仗吓了一激灵，像是犯错的孩子被老师和家长发现后的样子，巴特憨憨地笑了一下。他很少笑，这尴尬的一笑弄得自己和别人都不舒服，他便又收起来。巴尔虎在旁边，一直低着头，心思沉重的模样。巴特"得得得儿"喊骆驼停下，下驼的时候，烘热的脑袋有些指挥不住僵硬的大腿，跳下来的瞬间膝盖软了一下，要不是孟和在旁边靠着，他可能就趔趄在地了。巴特没有要解释的意思，众人齐齐看着他，等他开口。只见巴特一句关于解释的话都没说，下了驼就朝人群挥手："赶紧，都愣着。"人们都想看看巴特葫芦里卖的药，巴特一招呼就都凑过来了。等把巴特和巴尔虎的布袋子都打开，大家惊呆了，表情都比刚才更加严肃，但再没有人的脸上有怪罪巴特的意思。

一具具皮毛还鲜亮，身体已经僵直的动物尸体，从袋子里被抱出来放到地上，直至把院子中央摆满。黄羊、岩羊、盘羊、野兔、獾子、石鸡、沙狐、石貂，各种保护动物的尸体，身上不同地方都染着一坨血红，躺在大家眼前。巴特跪下，把尾巴没有摆顺的动物尸体重新摆好，把因恐惧被捕杀而怒睁的眼睛都合上。他站起来，只对秦恩东说了一句："能给团里打电话了。"便走开了。巴尔虎一直蹲坐在院子中间守着这些动物尸体，谁拉他都不站起来，就连舍友哈拉把一个冒着热气的馒头端在他面前，他也只是看了看哈拉，目光继续对着地上的动物尸体发呆。秦恩东看着雪地里的巴尔虎快要与那些动物尸体一起被大雪覆盖，他着急地在屋子里踱步，给各种人、各种地方打电话。他恨自己告诉巴特关于追捕更多的事，气巴特不要命地想证明军驼队却没有跟自己提过半个字。

在巴尔虎冻成雪人之前，秦恩东终于接到了团里的电话。他棉袄都顾不得穿，跑到院子告诉巴尔虎，偷猎者已经被团里转移到派出所拘留，等待下一步提起公诉，违法者一定会受到制裁，他们罪责难逃。

巴尔虎听后半晌，才瘫坐在雪上，放声大哭起来。那哭声引得军驼队的骆驼跟着一起嘶鸣，引得军驼队周围方圆百米、还活着的家畜共同嚎叫。巴特的房间没有动静，大家都不知道，

执念

把自己蒙在被子里的连长，眼泪早已浸湿了半面枕巾。那些巴丹吉林沙漠上最可爱的生灵们虽然都枉死了，但是偷猎者逃不过侥幸，这算是军驼队对那些逝去动物们的些许告慰。与找到动物的全尸相比，最初为证明军驼队还有存在价值的动机，显得十分逼仄狭隘。证明军驼队的机会还有很多，巴特不想再用这样的方法。此刻，他只是作为沙漠中的生灵之一，祭奠着原本平等存在着的另一些生灵。

他把自己高烧时画在本子上的寻找尸体路线图撕下来，用打火机把几页纸点着，看着字迹和一条条线在自己手中跳动着燃烧，直到化为灰烬。这些珍稀动物的尸体是要被收回去的，巴特无法替它们送行，只好用这样的方式，送它们离开世界。

黛青塔娜吃了闭门羹心情不好，但她听说了巴特出去寻动物尸体的事，又看着门口的帽子和饭盒。她很难说自己是高兴还是沮丧，就一直抱着空饭盒反思自己。巴特大哥的闭门羹不知道是不是故意所为，她不想让巴特为难，她只是不知道从哪来的力量，就是想为他做点什么。如果他不喜欢这样的方式，她愿意去找更能被他接受的方式，在白灾结束前的这段时间。因为她答应了阿布，她也暗暗答应自己，白灾过后，就回到自己原本的生活中去，开始新的生活。

紧 急

自从上次乌日娜来队里找过巴特巴特心里一直惦记着去昭华庙找一趟老喇嘛。但是任务缠身，几天来一直没顾上过去。眼见着复烧起来，巴特把王晓彤拿来的药都吃了个遍，又叫李白扎了一针，想着等明天烧再退下去一点，怎么也得去趟昭华庙了。

牧羊海子的雪一阵大似一阵，内蒙古红十字会紧急给阿拉善各地区的牧户派发生活用品和人畜用药，解决了大部分牧户的抵抗白灾的燃眉之急，但是藏在沙漠深处的一些牧户，工作人员靠自己的力量却难深入进去。因为军用沙漠雪地履带车在抓捕偷猎中的卓越贡献，阿拉善盟政府联络阿拉善军分区，临时从边防团调派雪地车，帮助红十字会执行任务。

以往无论晴雨，红十字会最常用到的是军驼队，但是大灾需要大功用。一来是军驼队送药时间长，红十字会怕错过白灾中人畜用药需要的最佳时机；二来是刚完成抓捕的雪地车名声刚传出来，有更好用的新事物，为什么不加快效率；三来，军驼队的骆驼兵和骆驼都是鲜活的生命，白灾无情，万一有个三长两短，以命换命可不是红十字会的宗旨。

两辆雪地车配上驾驶员和志愿者，装上满车的药品和柴油便出发了。大雪时节进入沙漠深处，手机和座机都没有信号，驾驶员和志愿者一旦出发，只有再回来才能联系得上，为了保证安全，红十字会和边防团经过商议，决定以三天为单位，不管走得多远，三天内必须回到边防团报到一次。换一波人员，添加好补给再继续上路。因此每辆雪地车上都至少有一个计时器，从出发起开始七十二小时倒计时。

可出发的晚些时候，红十字会接到了新的通知。

蒙古国红十字会通过 IFRC 红十字会与红新月会国际联合会向周边国家红十字会提请药品扶持。这种跨国应急救援一般很少在非战时状态启用，除非在受到强烈自然灾害冲击的情况下，一国才会提请国际援助。而最先予以援助的，一般是接壤或者临近地区的红十字会分会。中国红十字会通知了靠近边境的各分会，内蒙古阿拉善红十字分会正在其中。通过联络得知，蒙古国的白灾要比内蒙古阿拉善地区的情况严重不止一倍。往沙漠深处送药品尚且需要雪地车的加持，往蒙古国几个与边境交界的省市送药品，任务更加艰巨。情况紧急，需要阿拉善红十字会尽快做出回应。

正当红十字会与边防团进行沟通的时候，额济纳旗旗政府也正接收到了上级政府的通知。蒙古国通过外交途径向我国外交部发出人道主义救援邀请，我国政府一方面集结发电机、帐篷、棉被、棉大衣、饮用水、米、油料等物资准备运往蒙古国，一方面要求边境各级政府做好救援准备，随时从各个方向开展工作。

在积极商讨国际救援事时，边防团还不知道，还有更严重的事情亟待处理。

新消息是阿拉善盟政府紧急通知的。政府收到消息，一队有二十五名汉族探险爱好者自行组成的沙漠探险队，于半个月前进入巴丹吉林沙漠，进行提前预设好路线的沙漠探险。他们计划从阿拉善右旗巴丹吉林镇出发，徒步蜿蜒穿越三百多公里沙海，一路向北到达额济纳旗达来呼布镇中心广场汇合。本来十二天的行程安排，却在出发半月之后的今天还没有任何音讯。二十五名探险者在第六天行进到额济纳境内哈拉图时，与亲友有过短暂的联系之后集体失联。这种没有进行报备的探险行为本不允许，但亲属们已经焦急难耐，只得报警。他们几次请求赴阿拉善做些协助工作，可他们根本不知道巴丹吉林沙漠的现在已经成为何种景象。即便是金雕也难起飞，即便是野狼也难行走。

冰雪里的阿拉善政府从突如其来的事件中迅速做处冷静的判断和安排。对探险队家人进行安抚后，答应他们尽全力营

救，就开始了下一步紧张的工作。经过确认，探险者们出发的第五天，刚好是巴丹吉林沙漠下起大雪的第二天。政府下令出动全部警员力量，进行从哈拉图往北三十公里至达来呼布镇的拉网式搜救。探险队员失踪的消息刚经立案，短时间就受到了内蒙古自治区政府的密切关注。一时间，阿拉善盟政府、阿拉善红十字会、额济纳旗政府、额济纳警方和边防团受到了近年来最严峻的一次考验。一边有国际求援，一边有国民生命安全。关乎生命的存亡之事，没有任何一方是可以轻放的。

危　险

达来呼布镇周边地区的部队雪地车总数有十辆左右。如果调遣其他十辆车先集合到边防团再进行调配，集结完毕需要二到四天的时间。而阿拉善边防团赴沙漠深处给牧民送药品的两辆雪地车，则还有一天半的时间才能回到团部，即便是到时往中蒙边境方向和沙漠中心哈拉图方向各派出一辆雪地车，也还是要等。任何不即刻行动都可能会造成生命安全的损失，是时候派骆驼上场了。边防团一边安排军驼队的连长和指导员抓紧时间定好军驼的分批名单，一边向达来呼布镇附近所有养驼牧户发起动员。

尽管红十字会和牧户自身对家畜尽力看护，但愈来愈低的气温使得牧户的家畜数量不同程度地有所减少，每家每户都想保全自己的家畜，因为家畜是大多数牧户的唯一生计。吃肉喝奶，烧粪取暖，买卖换食物，挣钱供养老幼。没了牲畜就断了以后的活路。但是在额济纳生活的牧民，听说自己生活的巴丹吉林沙漠里有二十五个汉族同胞等待着救援，找不见他们，就

是二十五条人命。全旗号召发起的当天下午，在军驼队拟好划分名单之前，就有一百多峰骆驼和他们的主人挤在边防团门口，军驼队门口也集合了三十多峰骆驼，那场面是额济纳历史上最大的一次骆驼集结。骆驼一峰挨着一峰伫立着，就像一个个等待着军号声的战士，随时准备出征。他们身后不再是惧怕未来的主人，不再是等着糊口的老幼，不再是被白灾压垮的家庭。救人，是所有骆驼主人此刻的共同信念。家里剩下多少干粮，都给出征的人带上。家里还存着多少草料，都给出征的骆驼喂上。一百多公里的路程不要紧，牧民们只希望能有生的奇迹。

因为蒙古国的气温已经低至零下六十度，阿拉善地区的任何车辆即便出发，都无法越过边境进入蒙古国送药。届时如果车辆纷纷坏在路上，便是给救援额外增加负担。因此，巴特和秦恩东商议后，向边防团报告军驼队行进方案。军驼联合民用骆驼共八十峰，从日常巡逻接界线处兵分两路，一路以三十峰骆驼组成，由秦恩东和巴尔虎领队，带领牧民和骆驼们经达来呼布镇与团部集结的一百多峰骆驼合并成"国际救援队"向中蒙边境进发，每一峰骆驼担负十公斤到三十公斤不等的人畜药品等物资。另一路由巴特任领队，带领军驼队全部剩余力量和军方警方所有可低温行进的越野车合成"哈拉图搜救队"，向哈拉图地区拉网式横排进入开始百公里范围的搜救。在途的两辆边防团雪地车在回到边防团后立即向南出发，投入搜救。

军驼队分开执行任务，是巴特从来没有遇到过的，他一直坚信只有一个都不少的军驼队才是一个完整的队伍。这次突然的分开使他很是疼痛，但是有更疼痛的事情等着他们去分担，巴特便咬着牙在名单上划分着名字。秦恩东本想独自接下带第二路驼队的任务，让本是与自己同往的巴尔虎带领第一路驼队，让连长休息。巴特发着烧，再让他进出沙漠，这个人的身体真怕是没法要了。但是巴特却瞬间变脸，急得跟秦恩东叫："都是人命，你让我别去？我不去就等于害人性命！我在这睡着，我咋睡！换你你能睡得着不？！"秦恩东见巴特激动地跳起来，吸了口气想说什么，停滞了一下便又呼了出去，把笔和纸递给巴特。巴特坚持自己比任何人熟悉沙漠。因为去中蒙边境是往北走，沿途是硬质的荒漠草原，不在沙漠之中。只要辨清楚方向，不需有探路的担心和失足的危险，驼队只需要在雪中加快速度前进，就能顺利到达目的地。而进入哈拉图，要比前面执行的抓捕任务更加艰巨。路程上要比抓捕任务那天多行一百公里，这就意味着人和骆驼要翻越数不清的沙雪山。如果说一座、两座沙雪山可以靠运气和辨别力成功区分峰谷，但一百多公里的路程至少要寻找和翻越二三十座沙雪山，靠的还是毅力和经验。秦恩东几年来进入沙漠腹地的次数寥寥可数，巴特不能让自己的战友经历几十次的冒险换取一次成功的可能。

秦恩东只好退一步，但坚持自己独自带队，巴尔虎跟着巴

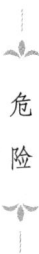

特的第二战队进入沙漠，巴特也拒绝了。毕竟向北走的是浩浩荡荡的骆驼队伍，数量庞大，倘若骆驼出现紧急状况，巴尔虎能帮助秦恩东解决燃眉之急。而向沙漠走，有一半是机动车不需要自己过分担心，机动车自有团里安排参谋指挥调度，巴特一个人指挥军驼队的能力还是绰绰有余。巴特发着烧，口干舌燥地把秦恩东说得哑口无言。这是他们认识以来，巴特最强势、最不容置疑的一次决定。时间不允许他们再去争执，给军驼队喂好草料，带上干粮，军驼队浩浩荡荡地从牧羊海子出发了。

　　秦恩东先要带领三十多峰骆驼踏着往常熟悉的路赶往团部，军驼队到边防团的路尚算好走，任雪再埋没，也是秦恩东闭眼就能走完程的。绕开沟沟壑壑，半天左右便与另外一百多峰骆驼和他们的主人会师。秦恩东从没有单独带领如此规模的骆驼队伍执行过任务，加上这条通往中蒙边境口岸的路，他只跟着团里参加活动时坐车前往过。如今要靠脚力，脚板子抬起来都不知往哪落，可如果他率先表现得不知所措，军心何以稳。道阻且长，秦恩东攥紧手中的地图和指北针，带领大队骆驼开始了艰难的跨国之旅。

　　巴尔虎从开始就一直跟在秦恩东队伍的最后面走着。一个打头阵，一个守尾。除了间歇休息时能见一面，短暂地商议驼队下一步行程，他们两个人在到达边境前，一直都没有过什么额外的轻松交流，顶在肩膀头的压力太重，把外向的、内向的他们都压得沉默了。天上刮着北风，"国际救援队"从始至终顶着风往北走。西伯利亚寒流带来的风硬气又坚韧，虽说额济纳旗距离中蒙边境算是最近的旗县，可对于土宽地阔的内蒙古大地来说，依然有八十公里要走。此次的第一站是到中蒙边境的策克口岸。策克口岸是内蒙古自治区三大口岸之一，是内蒙古西部重要的国家级双边全年性开放口岸，也是阿拉善盟对外开放的唯一国际通道。白灾来袭，阿拉善盟境内的季节性大小口岸纷纷关闭，此次赴蒙古国救灾，这条路也就成为唯一一条路。也正印证着额济纳旗政府团结力量坚定北上的信念，只要踏上了，必须走完，必须走到终点，没有捷径可攀，没有后路可退。

雪天路难行，顶风路也难行，雪天顶风走的路就尤为难行。平常每小时行进十五公里的骆驼，此时被深雪阻碍着只有每小时三四公里的速度。加上驮人驮物，行走到第二天，平常不怎么进行高强度训练的家驼有些疲累，但是骆驼们在一起走，在一竖列里，只要最前面一个和最后一个不停下脚步，保持一个均匀的速度，那么中间的骆驼也会坚持走下去。巴尔虎也在队伍出发前及时地建议将军驼分散插入到家驼中，起到稳定队形和速度之效。到了傍晚解手的时候，秦恩东和巴尔虎商议再走两个小时，驼队就休息。可是之后的两个小时，雪下得更大了，秦恩东犹豫该不该让驼队提前休息，又担心这一休息，人和骆

驼更冷了，冻坏在雪夜，便时不时地摸摸自己骑着的骆驼莲花。

莲花虽是母驼，但是体能在军驼队里却是数一数二的，超越很多公驼和骟驼。孟和跟随着巴特打了第二战队的头阵，莲花就责无旁贷地当了第一路的排头兵。莲花有一个特殊的技能，就是鼻子相较于一般骆驼更加敏感，她俯身细嗅，便能嗅得见百米之外的气温与此地气温温差大小。若是温差大，莲花就会连打三个喷嚏，若温差没有太大悬殊，莲花打喷嚏的数量便不恒定，一个或者五个，随心情而定，只有"三"是她的信号准数。所以在赶赴边境的路上，天气的变化很大程度上能够由莲花进行"生理性"监测，这样对于走进陌生地域的秦恩东一行，有着比单纯前进更至关重要的意义。

可就在今天傍晚，莲花每隔一会儿就打三个喷嚏。她每打一次喷嚏，秦恩东就竖耳听着，每一次空气中声波的震动都振动着秦恩东的心，一揪一揪的。前方的天气到底有多恶劣，前面的雪路到底有多难走，他忽然害怕了。随着风越来越剧烈，秦恩东想停下来跟巴尔虎再商量一下，莲花却开始嘶鸣。这种嘶鸣似曾相识，像是巴特训练时的一种声音，但是却比训练时音量更大，音高更高。加上北风把声音猛烈地从北往南推了一把，队伍最尾的巴尔虎的骆驼安达也听见了这嘶鸣，跟着一起嘶鸣起来。百多峰骆驼的鸣叫联合起来，居然暂时盖过了风的呼啸。只见安达从左侧超越了前驼，像要脱离驼群一样，快速向前、向左走动起来，不按序行进在平常是驼队行进的禁忌。随着安达向左前进，队伍后半段的骆驼按照倒序纷纷向左前方运动，每一峰骆驼都比前一峰走得多些，与此同时每一峰骆驼在横向上又离前半部分驼纵队稍远一些。待驼队将形成一个对勾队形，莲花和安达作为两条线最远的两端，开始相向运动，互相靠近。牧民的家驼见军驼的运动，也夹杂在里面或主动或被动地跟着再次调整队形。安达和莲花收口，两条线各自左右调整着。不过多久，驼队围成一个松散的近似圆形的阵形。再听莲花一声鸣叫，骆驼们向中间靠拢，拢成一个紧凑的圆，直到一峰与一峰只留下一人宽的距离。它们在莲花的带领下集体嘶鸣，而后相继跪下，牧民们被眼前这个骆驼圆圈惊住了，骆驼兵们也是在骆驼真正围拢之后才恍然，曾经的"骆驼安代"训练科目在此时轰轰烈烈突然上演。牧民们从没想过一群动物能够在头驼几声嘶鸣的交流中形成一个这样复杂的队形。秦恩东和巴尔虎反应过来，意识到莲花和众驼正提示危险来临，两人扯起嗓子，喊所有牧民迅速携带褡裢下驼，在骆驼形成的圆圈中心范围蹲下、坐下或是趴下，身子越低越好，尽量不超出跪下骆驼的高度。莲花再打了三个喷嚏后，带着群驼向中间靠拢，这次的靠拢更像是"挤"，它们待所有人聚集到圆中央，把原先互相之间一人宽的缝隙也全部填满，它们也慢慢朝圆心方向缩起脖子，驼与驼脸挨着脸，睫毛互相打着架重叠在一起。

不消几分钟时间，驼群形成的圆圈屏障的外部，霎时狂风呼啸，这像是巴丹吉林沙漠早春和晚秋才会有的沙尘暴的声音。现在驼队既没有在沙漠里行进，荒漠上的沙砾又被雪层覆盖着，没什么刮沙尘暴的可能。但是随着风声越来越近，闷雷滚动。人们瑟缩着，抱团抱得更紧。巴尔虎抬头，灰蒙蒙的天幕上，忽现一条通天的橙色线条，细长的线抖动着、倾斜着向驼队快速逼近。"是橙雪沙暴！"牧民里的一个人向近旁的秦恩东低吼，是阿努亨大叔，不远处的巴尔虎也听见了。橙雪既不是沙尘暴的灰黄色，也不是不停下着的雪的白色，它是二者的结合，雪裹着沙，沙掺着雪，雪沙相合旋转，扶摇直上成橙雪沙暴的中心——橙色线条，有比沙尘暴更加摧人的力量。

生长在牧羊海子的巴尔虎还从来没有见到过真正的橙雪沙暴，只听额吉讲古老传说时候描摹过，如今见了，它真的比沙尘暴更骇人，也更猛烈，距离很远处就感受到了摧毁一切的劲力。一向勇敢的巴尔虎心底抽搐了一下，他虽然没见过这阵仗，但是额吉以前告诉过他如果遇见了橙雪沙暴，人要尽可能地趴下，互相串连在一起增加分量，要不然橙雪沙暴把人扬起来再扔下去，简直易如反掌，这力量是人受不住的，以前有很多驼客就是在橙雪沙暴里消失不见，死无全尸。眼看着橙雪沙暴的中心向驼群压过来，巴尔虎站起身，把嘴捂成喇叭状，防止渺小的声音在大自然中瞬间崩散，他向大家大喊着："都趴下！趴下！互相挽住胳膊！都挽住——"大家听见巴尔虎传来的微弱声音，慌张中纷纷趴下。巴尔虎左手抓住一个战友，右手还没来得及抓住身旁阿努亨大叔的手，沙暴中心就已经呼啸着从驼群身上用力擦卷着，好像不卷起来些什么，便绝不轻易放过驼群。巴尔虎和战友的手经不住橙雪的撕扯拖拽，两只手在橙雪到来的一刹那互相弹开，巴尔虎整个身体被橙雪卷得腾空，战友和阿努亨大叔试图把巴尔虎拽回来，可二人稍一抬头，自己也被卷得差点飞起来。秦恩东刚要站起来抓扑离地的巴尔虎，被旁边的老牧民们摁住，秦恩东瘦长的身体真要扑将过去，他会比巴尔虎甩得更高，跌得更重。巴尔虎在空中甩了几下，刚要被翻卷到骆驼圆圈之外，跪在周围的三峰骆驼兀地站起来。生死一秒钟，骆驼们用自己的高度把即将甩出去的巴尔虎挡在圆圈里面，空中的巴尔虎在其中一峰骆驼的驼峰上狠撞了一下，重重地弹回地上。再几秒过去，驼群上空的风雪已没有橙雪沙暴中心移动过来时那样张狂，沙暴中心已经过去了。牧民和战友们慌忙爬起来查看巴尔虎。

阿努亨检查了巴尔虎全身的骨骼关节，这个小骆驼一般强壮的孩子，居然经受住了碎骨的风险，身上没有一处断裂，只是颈椎扭伤，暂时不能拧转。牧民们有的双手合十放在额前，面朝西磕了几个头，为巴尔虎祈祷。巴尔虎的头不能动，眼睛直往旁边看。秦恩东发现他正看着旁边的骆驼，知道巴尔虎平日里爱惜骆驼甚于爱惜自己，便站起身来朝三峰骆驼走过去查看。它们脖前都挂着"军"字布符块，都是军驼队的骆驼。三峰骆驼基本没有受伤，只有巴尔虎撞上的那峰骆驼的驼峰稍显歪倾。而这种歪倾不是仅由巴尔虎身体的碰撞造成，与驼峰存储的脂肪减少也有着密切的关系，幸好不算受伤，骆驼还能继续正常前行。

整个驼队松一口气，沙暴中心的移动没有使他们产生非战斗减员，这放在历史之中，今天的此刻可算是奇迹。巴特几年前训练军驼队围圆圈时曾经教过骆驼们，遭遇危险时不仅要学会快速蹲起，更要始终首尾相连保存自己的实力，保护好圆圈中心的人一直处在安全的圆圈屏障之中。远在巴丹吉林沙漠腹地行走的巴特此时可能也没有想到，自己从前发明的被人称作"花架子"的骆驼圆圈，竟然在草原上极为罕见的橙雪沙暴中发挥了显著功用，让"国际救援队"免遭损失，扶"国际救援队"这座大厦之将倾。

在巴尔虎生命的危急时刻，如果只有一峰或者两峰站起，巴尔虎可能还是会因阻挡面太窄被沙暴卷跑，甚至性命都不知何处寻。三峰骆驼却真正形成一个屏障，让巴尔虎免于离开他深爱的驼队。巴尔虎挣扎着站起来，抱住救自己一命的三峰骆驼。因为骆驼的这个举动，全然是违背天然本能的选择。骆驼在风沙中静止的时候，出于本能的自我保护，眼睛一般都会自动闭上，通过长而密的睫毛盖住眼睛以保护自己不受风沙的侵袭。但是，保护巴尔虎的骆驼居然在几秒钟的反应时间克服了自己的本能，合力站起，毛花花的眼睛被橙雪沙暴中心高速转动的雪和沙击打得泪水直流，流出的两行眼泪在骆驼鼻子两侧冻成淡黄色的冰棍。巴尔虎解开军大衣扣子，把手伸进自己胸口捂了一会，给每一峰骆驼把冰棍掰掉，用自己带着体温的手，把骆驼眼角的水拭干，因为这样，骆驼的眼周才能不被冻皴。休整一番，驼队再次启程。历经橙雪沙暴的威胁，余程的寒冷与饥饿都不再那么难熬。

危
险

寻 觅

牧羊海子没有海

　　秦恩东率领的第一路驼队距离策克还剩一半路程的时候，巴特的军驼队和军警联合越野车还没有走进沙漠腹地。刚进入沙漠的时候，救援人员就感受到了大自然深藏的暗礁险滩。面对一望无际的沙雪山，越野车上驾龄最老的驾驶员都啧啧叹息。生活在额济纳的居民用"白茫茫"来形容这场几十年难遇的白灾。在旗里雪虽然也像要把整个地区吞噬一般疯狂着，可即便行路举步维艰，人们依然可以分得清楚这里曾是下雪前的这里，那里曾是下雪前的那里。真正走进沙漠，这些自下雪以来还没有靠近过沙漠的牧民才发现，自己生活的小天地只能被称作"白色的世界"，人们叫"世界"，还说明某一地域还有着自然的或者社会的属性，还有边界可寻。而"白茫茫"才是形容眼前沙漠最贴切的词语。"茫茫"，他是渺小的人类面对自然所产生的漫无目的的无奈，无底，也无边。正所谓水灾一条线，白灾一大片。

　　越野车队的队长找到巴特，商议从哪里走能达到最快速度。现在最要紧的事是找到活人，只要能找见一个人，其他的二十四个人，就都有了头绪。他们决定二十辆越野车横排拉开，相隔距离十公里。在这十公里中，巴特的军驼队也一字排开，穿插进越野车中，每两辆越野车之间安排两到三峰骆驼，骆驼之间互相间隔两百米左右。与军驼队惯常的竖列行走相比，横排拉网增加了每一峰骆驼和每一个驾驶员的难度，因为每一处站位高低不同，前面的路况不同，做到车驼行进速度一致比较困难。但只有横向展开才能够节省时间、拓宽搜救面，因此再难，搜救队都必须想办法以尽可能快的速度前进。

孟和载着巴特，这是他们第二次走向腹地。不同的是，这一次他们没有车辙印可以寻迹，每走一步都是新的未知，一蹄子踏下去是雪、是沙还是石头疙瘩，只靠天命。孟和朝前吃力地迈着腿，巴特估摸着自己高烧复发起来，身上冷一阵热一阵。他几度感觉自己要从孟和身上坠下来，身体的晃荡传导到他的大脑，意识也在晃荡。他强迫自己前倾，不至于没了意识从后面摔过去。他抓紧孟和脖颈两侧的鬃毛，让自己有所支撑。敏感的孟和感受到了主人的身体忽冷忽热，明白这不是平常的巴特了。它懂事似的，没有主人拉着缰绳指挥，自己也基本没有偏向地向前试探。深一脚，浅一脚，孟和收紧大腿和小腿能调动的全部肌肉，小心翼翼地试探。确保比自己估量得浅的那一脚不震到跟腱，巴特在自己的背上不会感到僵硬的震动。还要

确保比估量得深的那一脚能及时控制下脚速度，巴特不会因为超短时间的加速度往前猛地一闪。高度落差大闪得太狠了，人很容易朝前翻个筋斗栽进雪里。巴特紧紧攥着孟和的毛发，手冻得张不开，孟和浸了巴特汗水的毛发先是变得黏湿，旋即冻得一绺一绺地分开。孟和走得还算顺利，二人翻过第一座沙雪山，孟和长啸一声，周围有其他骆驼长啸以回应，孟和放心了，同伴没有掉队。孟和同时也摇摇脖颈，示意这一座山又没有人的踪迹。巴特从渐渐失去的意识里忽然惊醒，双脚夹紧驼腹，看着孟和摇动的头，他叹息一声。

"孟和，我好了，咱紧走几步。"他紧了紧孟和的缰绳，发现整个横队略有偏航，处于横队中心的他拉紧辔头，让孟和调整角度，从正东方改为向东南方向走。孟和起先拒绝了，摇着头甩动头两侧的缰绳。可巴特坚持拉紧右面的缰绳，给孟和调整方向。孟和站定犹豫了一下，还是顺着主人，偏了驼头往东南方向开进。巴特直立起身子，跟着孟和一起分辨前面雪的虚实。在这处看起来像雪沙山谷底的地方，巴特拉紧缰绳示意孟和向前向上迈一步，孟和右前蹄落下，左前蹄刚抬起，蹄子下的雪就开始往前流动。巴特还没发现，孟和已经感知到脚下根本不是上坡的沙山路，而是一个近乎于九十度直立的下行陡坡。

在巴丹吉林沙漠，除了一些风力作用下形成的沙山，还有一些沙山是基于原来陡峭的断崖式的红层砂砾岩层。它们是几千万年前由流水和风力侵蚀形成的丹霞地貌。在巴丹吉林沙漠，它们并不是群集性的，他们分散着，经常几十公里、几百公里之内只有一座孤零零的丹霞山伫立着。丹霞山大多不高，但是像屏障一般，它们就是一堵堵靠背，接受着沙子的涌动和堆积，留下它们和自己融为一体，形成了包裹着坚硬内核的别样沙山。远看与近看，都看不出他们与其他单是沙子堆积而成的沙山有什么区别，只有踏足其上才能发现它们的危险。这危险之处就在于，迎风的一面是一个随风形成的带有坡度的沙山，但是背风一面是一个直立的陡崖，有经验的人如果不幸上山到了顶点，都会选择小心地从迎背风的交界处下山，避免与背风的断崖相接触。巴特对这种丹霞沙山再熟悉不过，但在大雪包覆大地的时节，任谁也分不清普通雪沙山和丹霞雪沙山有何不同，大雪早已把背风面也填满，经验毫无用武之地。

孟和的右前蹄开始止不住地下滑，任巴特怎么往后撤身，怎么紧拉缰绳，雪的流动依然在加速，没几下便成块地往下坠落。显然地，他们踏足了丹霞沙山的背面；显然地，孟和抬起的左前蹄，已经脱离地面，再要下脚，可能是直降十多米之下的地面了。巴特想通过自己拼尽全力的后仰改变骆驼重心，哪怕使孟和从后跌倒。但是三蹄的平衡最难把握，孟和一刹那明白自己已经抬起的左前蹄已经控制不住地向下踩空下去。它的前腿使劲往自己腹部方向蹬，让左前蹄尽可能地向里靠，企图

贴着丹霞山顶点那块石头的侧切面站一下，哪怕点一下地，孟和的身体都有机会借着左前蹄的支点，加紧倒腾后蹄，向后拉动自己的身体。只要能够点一下地，它和巴特跌落陡崖的危险便是虚惊一场。

孟和的左前蹄终于点到了一块裸石，因为雪已经滑落，无雪的石头恢复了摩擦力，孟和居然在悬崖边上稳稳地站住了。孟和没有放松肌肉，两只后蹄加紧向后踏，巴特也急中生智后撤重心。

我们用沧海桑田形容浩浩人世间，此刻在巴丹吉林沙漠的一人一驼是一滴水一粟米，激不起一层浪花，也吹不来一阵稻香。但是在他们自我的世界，生死明灭却只在一念之间。人和驼都以为几秒钟的挣扎，为在无声息中免于一场生命的崩裂。但是下一秒是明天或是意外，却是任他们努力也无法估量预测的。孟和的左前蹄是站住了，右前蹄下的雪却没有任何防备地整块松动了，孟和只要稍稍动一下，整块像豆腐一样的雪就颤两颤。奈何雪是无根之物，只要有了裂痕，面临的只能是破碎。孟和试着整体朝后跳，跟雪做一个反向的对冲运动，可就在起跳的瞬间，它的右前蹄跟雪一起跌入脚下白色的深渊，那洁白让人看不出高低深浅，只听"咚"的一声，人驼一并栽进大雪。这重重的一摔，却没有听见人和驼发出半点声音。

身陷纯白，巴特迷蒙中分不出自己置身何方。四周一片冰雪的刺骨寒冷，只有身下好像不那么冰凉。是发烧致幻？是大地的温度被大雪捂暖？巴特伸手去摸，触摸到绵软。他动了动身体，自己居然没有散架，身上也没有地方疼痛。试着爬起来寻找这绵软的出处，巴特才发现，自己身下枕着的，居然是孟和米黄色的腹部。孟和以仰面躺的姿势横在雪地里，他慌忙去抓摸孟和的面部。

不知是该怨还是该感谢这深厚的雪，承受着来自地面和巴特身体双重重量的孟和，居然因为雪太厚增加了缓冲，还有鼻息。但是巴特分明也见得孟和眼睛里闪过一丝痛苦的表情。

孟和是军驼队的头驼，身材高大健硕，两块傲人的双驼峰饱满浑圆，即使在巴特曾经举行的一次长达三十天不予喂食的测试中，也没有干瘪的意思，直挺挺地竖在背上。拥有最大驼峰的孟和一直把它当作头驼身份的象征。眼下，巴特再看一眼仰躺的孟和，它好像想挣扎着起来又不能。他忽然想起还没有检查孟和的背部。孟和重量大，它的陷落显得周边的雪格外深，刨挖费时费力且无用，他干脆就把孟和的四腿弯曲回来，自己站在孟和一侧。一手拽住它脖子，一手托住臀部，使劲给孟和增加推力，让孟和能从仰面翻转过来。等孟和终于借着巴特的力量趴到正面，他发现它的双驼峰都倒歪在一边，他用手去扶，可骆驼好像没有感觉一般，他刚拿开手，驼峰就顺势又倒下。孟和的驼峰好像与它的背肌断裂了。巴特再试着扶了几次，驼

峰都软绵绵地趴在孟和背上。他不想让孟和看见自己脸上的惊讶和失落，但是孟和从巴特眼睛的倒影里，分明已经看出了自己身上的伤。骆驼对于驼峰本身是钝感的，但是驼峰本身之外的意义对它来说原本极其重要。这像是草原上的诗人没有了歌喉，像是好来宝唱作者没有了四胡，像是套马手没有了套马长杆。

巴特不知道用什么样的情绪去迎接孟和水汪汪的眼睛，孟和用自己最引以为傲的两个驼峰换回巴特的性命无忧。骆驼这个动物战友能为人如此，人在危难时又可否像它一样？孟和只要稍稍侧身，它就还是傲人的头驼。现如今，莫不是骗驼都要嘲笑它一二？巴特的头低得很低，他从不喜欢欠人东西，尤其欠给了自己最爱的骆驼，他不知道怎么还，眼下也不是还的时候。而孟和却把头低得更低，垫住巴特下巴，把他的头拱起来。巴特想流泪，但是发烧的温度已经把体内的水分烧干，他哭不出来。他感觉孟和靠在他耳边说了一句话。"我愿意，我应该。"谁的骆驼就像谁，孟和如果会说话，也是一个少言的骆驼。人有点滴恩德，骆驼尚要报答，何况巴特从它出生到壮龄的爱护，它在毫秒之间连死都想好了，失掉两个驼峰又怎可伤怀？孟和挣扎着跪起来，低头示意巴特上驼。

亚洲地区盛产双峰驼，人骑骆驼是要坐在两个驼峰之间。成年骆驼的驼峰距离刚好半米，放了驼鞍后最适宜人骑，人坐得稳，骆驼背部不累，大自然的鬼斧神工把沙漠人和沙漠骆驼融合得天衣无缝。现在巴特和孟和要打破这个天然习惯。巴特摇了摇头，孟和见他没有上来，继续低着头。时间分分秒秒地流着，巴特咬咬牙，跨上骆驼。巴特还是坐在原来的位置，可后面的路，前后左右的颠簸，都要靠自己紧夹驼腹的双腿控制。他不能往前或往后靠，他怕再伤着孟和坍下去的驼峰。孟和从雪里"轰"地站起，像一个被打倒的勇士再次起立那样坚定。尽管大雪多次要冷凝巴特和孟和流淌的热血，但是他们是彼此之间最默契的强心针，从陡崖下爬起来，待横排队伍重新整理好，他们继续上路。

意外永远在人的预料之外。没走到四十公里，越野车相继停坏在路上，启动不了了。尽管尽力抽调了三十五号柴油的越野车，但是气温还是以不可战胜的架势逼停了所有科技条件下的有力武器。大自然高一筹的能力，恰恰是将人类日新月异的追赶否定和蔑视的过程。它以它的方式让人类的过度放牧、过度开垦樵采、破坏植被和资源浪费等恶劣行径付出一些代价。大自然还实属恩慈，我们认为难以承受的，才仅仅是它功力的万千分之一。它让人回到旧时候看看，别忘本。

发现机动车停滞，按照第二方案，骆驼之间互相拉大距离，保持横排搜救的队伍长度不变，补齐越野车空缺的原有位置。越野车上司机和跟车医护人员也都弃车，与驼群一起行进。越

野车的提前失败，不仅没有削减驼队搜救的勇气，骆驼队反而振奋精神，吸取巴特坠崖事件教训，笃笃前行。

逐渐地，驼队掌握了避免坠崖的技巧。但凡遇到上坡路，每处骆驼分别就近找到上同一座沙山的底端，从四周呈汇聚状往预估的中心走，确定这座山上没有幸存者，就原路返回。看起来走多了路，但是驼群安全性上却大大增强了，也因为这样的方法，驼群的行进速度也比刚出发快了一些。冻天冻地、冻人冻驼，自不必说。长时间陷入一种状态，人和驼已完全对温度麻木，只剩寻人一个目标。

在出发后的七十公里处，正当大家都陷入遍找不见任何蛛丝马迹的沮丧和惶恐时，一点线索却被一只年幼的骆驼发现。可能因为相较成年骆驼身高略低，在队伍穿过一座沙雪山，骆驼纷纷从高处原路返回到地面寻找队伍时，一峰小骆驼却偏离方向，向沙雪山连带的一处突起的小雪包"划"过去，大家回头寻找它时，却发现它已经有半个身子钻了进去。巴特立刻带人带驼向小骆驼"划去"。

一抹鲜艳的红在雪洞边甚是耀眼，是一块冻得邦邦硬的五星红旗，似是被雪反复覆盖又反复被移动到雪面上。进洞后，大家发现最里面蜷缩着一个双眼紧闭的大胡子男人，蜷得只有旁边的背包那么大，冰碴子拥挤着挂在圈脸胡子上，把男人的脸包裹得严实，这座冰雕似是睡着，又像是已死去。巴特刚要上去查看大胡子，随行的额济纳旗人民医院的医生迈步上前，示意巴特让自己先试试。医生依次摸了鼻息和各处脉搏，又趴上去将大胡子从额头到胸腔听了一遍，立刻开始扒衣服，护士见状蹲下来捧雪给大胡子搓洗身子。见医生如此，紧张冷峻的气氛忽然融暖起来，大家一边激动地讨论着"人还活着"，一边将围得水泄不通的雪洞让出一条路给其他护士。巴特从雪洞钻出来，跟越野车队长耳语几句。这边正商量着，雪洞里又传来一声惊呼。果然，大胡子睁开了眼睛，众人拿雪把他洗醒了。苏醒的大胡子先是懵懂地看着眼前一圈人头，接着便本能地试图扒开人群，用仅剩的体力向有光处爬。

探险近二十年，这名还算老练的大胡子探险者从未遇过此种天灾。兴冲冲踏入沙漠的这个小集体，就这样被大雪拆散在漫天满地的雪花中。探险的第六天晚上刮过一场猛烈的风绞雪，雪又绞着沙子，二十五个人先是与彼此说出的话越来越听不见，再是越来越看不清彼此，最后不知为何走散了。大胡子在风中呼喊了很久，直到咳出血丝也没能让声音从口腔飘出后传播到一米之外，声音早被吸进深雪。天降大雪不绝，大胡子深知再喊下去，不仅找不见同伴，自己的力气耗损，命也难保。然而，在之前歇斯底里的左呼右喊中他终于迷了路，即便指南针指示方向，他也不知此刻往哪走才是生路一条。遇到真正危及生命的险状，鲜有人真能保持冷静自重，孤独与绝望驱使大胡子没

寻觅

头脑地在附近近乎疯狂地兜兜转转，消耗着厚衣物下的温热。不幸的是，大胡子并没有受到从前看过的探险报道中那样的、来自老天爷的眷顾，他一个同伴也没有找到，手杖也不知遗落在哪里，身体也感到一阵僵硬，他一直在失去。幸运的是，且不论能生还是得死，他总算找到一座丹霞雪山，在山的背风向拣了一处低矮雪包停下来，雪在屏障外积累着，居然形成一个雪洞。好在多年的探险经验让他在失去意识前惯性地将背包中唯一醒目的一米宽的五星红旗铺在雪洞口，那本是沙漠探险队约定好的胜利之后在额济纳广场拍照留念的信物。彼时五星红旗挂在雪中，轻飘飘的，难与漫天的雪博弈，但大胡子盼望这一片红兴许能多出一丝生机。倒在雪洞的角落，大胡子忽觉雪是温热的，靠在背包上，雪洞门口的光愈来愈远，愈来愈模糊，直到眼前一片漆黑。这几天里，他并非完全昏厥，若是从进洞的一刻就昏厥下去，雪洞里此时可能仅仅是一座冷冻的雕像了。大胡子在每次灵魂抽离的前一刻都下意识地醒来，让自己稍微动一动，别让血液停滞。还能动的时候，他使上气力凑近五星红旗，把它从覆盖的雪里扯出来，再铺在最上层。印象中，如此大幅度的动作只进行了三回，他便再没有劲爬到过洞口。直到刚才，他再次回到这个令人不满又让人留恋的世界。所有人都不知道他倒地昏迷了多少天，但这雪洞也的确救了他，免受大风侵袭很大程度上让人的体温流失速度慢下来，也同时起到保温的作用。雪搓身体让大胡子血液重新流动起来，却还没能让他的大脑回转过来。当医生和护士将他通身搓红，示意骆驼兵可以为他披上军大棉，把他抱上骆驼，他潜意识一直紧绷的神经不适应这突然的放松和温暖，四十多岁蓄着大胡子的男人咧开干裂的、黑紫色的唇，趴在骆驼背上十几分钟后,放声大哭。

　　当他知道他是搜救队找到的第一名探险者，还有其他二十四名同伴不知在何处等待救援，他立刻跳下骆驼，抹着眼泪激动地告诉驼队不要管自己，他还回雪洞里等着，不给骆驼添重量，等驼队把大家都找到，他一定还在雪洞里等着他们回程。已经一个人坚持了这么久，再坚持一天、两天甚至三天，他还可以。极端的生理和心理压力使大胡子疯狂地固执己见，医生和护士从生命安全的角度说不通，还是巴特做好折中的沟通工作：大胡子随驼队一起出发，不愿意骑骆驼，他就加入巴特，一起走路寻找同伴。可大胡子在雪地里刚走了没有一个小时，因为眼前尽是一色雪白，天与地都难以分辨，怎么才能找得到人。他的心理防线再次崩溃，他不敢停下脚下的步伐，泪水却在脸上横流。滑下的眼泪刚冻住，就有新的眼泪盖住刚冻好的冰棍。

　　巴特在一旁，想说点什么又说不出来。越到这种时候，他越不会说话。在巴特心里，安慰人的情绪是世界上最大的难题，要比面前的白灾更难。自己遇到情绪他不会消解，只能靠其他

更重要的事情暂时或永久地遮盖。别人遇到情绪他更不会宽慰，他不确保自己的言语会起到积极作用还是让事情更加糟糕，因此他选择闭嘴。与安抚情绪相比，前行与寻找容易些。

战士哈拉是跟着巴特的驼队出发的。哈拉的骆驼就走在孟和旁边。哈拉走近巴特，看出连长头脸红着，是又发烧了，建议连长上自己的骆驼休息片刻，哈拉的骆驼还有完整的驼峰，适合向前趴靠休息。换过骆驼，哈拉接过孟和的缰绳，和大胡子探险者继续向前走去。他给大胡子讲了一天前巴特不幸坠崖又有幸得救的事，大胡子的眼泪渐渐没有再新添。他用手一点点抠掉自己脸上的冰棍，往哈拉的骆驼上望了一眼。尽管雪帘使他看不清楚，但他知道有这样的驼队找同伴，即便天地茫茫，生命也有迹可循了。

找到第一个人，驼队后面的动作就加快了。在找到大胡子后的那天傍晚，陆续有十四名探险者被找到。大多数人被不同程度冻伤，有的呼吸系统已经伤害严重，不再适合跟队。越野车队长和巴特达成一致意见，除还有行动能力者，每找到一个受伤的探险者，越野车队就派一名驾驶员、一位医护工作者和一峰骆驼陪护返程，路遇越野车如能发动便加速返回，如不可就继续赶路。随着被发现的探险者越来越多，骆驼的数量也在减少，但是走过八九十公里，大家有了更多经验，速度也较开始提高不少，加上时间战线越来越长，大家内心的焦灼也催促着队伍继续靠近哈拉图。

最后两名探险者是同时被找到的。大家在沙坑里发现他们的时候，没有人不婆娑了泪眼。在其他二十三个人走散的时候他们始终在一起，因为他们是一对探险旅行结婚的准夫妻。出发时就牵着手，途中没有放开过，因此风和雪的拉拽也未将他们分开。这对情侣是探险新人，最先与大队伍走散。走散后才发现附近四下里没有任何突起地表的遮挡可躲藏。年轻男人就用手杖顶端的 T 字做锹，一点点向下挖坑。雪多深啊，深到人已经低于雪表，还没有白色雪花以外的东西出现。好在大雪覆盖的哈拉图无人探足，雪还蓬松好翻。当沙土渐渐出现在他们面前，两人像是添了力，挖到男孩也没了力气，两人便躲进沙坑里，抱着躺下。风吹的时候，不少周边高处的雪哗啦啦掉进沙坑里，两人互相把身上的雪拍掉，继续依偎取暖。

绝望怎可能没有呢？情侣在挖沙坑的时候就已经做好了不再生还的打算。雪大路远，谁能来救他们呢？即便是来救了，没经验的他们能不能撑到被救的时候也未可知。两人打算着，倘若还活着，这沙坑就是他们新的起点，只要是出了这沙漠，就在额济纳旗，这个人生中最没齿难忘的地点领上一张结婚证，安安生生过一辈子。倘若死了，这沙坑就是他们自己用命挖的坟茔，死在无人知晓的大地，两个人终也是有伴的。长生天见证，黄泉上下都在彼此左右，这辈子也值当了。

　　幸运眷顾了情坚之人，一丝呼吸来回游走在二人鼻子和嘴唇的最后时刻，驼队赶到了。相濡以沫，是彼此仅剩的各一半气息拼成了完整的呼吸，成为拯救他们的最后一根稻草。被发现的时候，抱在一起的这对情侣已经冻僵在一起，分不开来。七八个人合起伙来把他们抬出沙坑，抬到担架上。医生检查完身体，也不让众人再把他们分开——他们需要即刻返程，要抓紧时间接受手术。

　　男人抱着爱人的左臂因暴露在外完全冻伤需要截肢，而女孩因为蜷缩着藏在男人身下，贴着地面的左腿血液流动受阻，加之因为寒冷冻穿衣物，女孩膝盖以下如男人一样，完全冻伤，只能尽快截肢。听得这个医疗建议的时候，两个人有了些意识，发现对方还在自己怀里，他们的嘴角露出一丝浅笑。你活着就好，我们活着就好，断臂残肢，怎可与生死相提并论？

　　抬担架的牧民隐隐听见微弱的两句对话：

　　我是你的左胳膊。

　　我是你的左腿。

　　之后便再没了声音，是安心睡着还是默默感受对方体温的回升，便是独属于他们的故事了。

　　回程的队伍稀疏，驼队陆续掉头向北。白色世界中星星点点的人影着实渺小，但驼队因为没有错失任何一个探险者，而显得格外壮大。因为这一返，骆驼的肩背上驮着的，不是平日里的米面油盐和碳石柴煤等物资，它们载着的是一个个差一点就流逝的生命。它们此时不是搬驮重物的"沙漠之舟"，而是拣起希望的"生命之船"，骆驼们终于从搜救中感到一丝战士胜战的豪迈。打仗兴许不过如此，战争一旦发起便会造成生命的消失，参与战争最直接的目的就是捍卫自己立场方的生命免遭侵害。在这场战争中，对手铺天盖地，气势汹汹。从它手中夺回生命，便是证明自己的最佳方式。回去路上不知怎的，天又下起雪来，且比来时更大，驼队却加快了速度。巴特在最后一双人被找到之后内心涌上一阵欣喜，随后额头涌上的另一阵发烧的潮热让他回归清醒。

行百里者半九十，找到人才是救援的开始，驼队能做的，就是为救治探险者争取尽可能多的时间。驼队路过了几辆搁浅的越野车，它们没能重新启动，在雪中瑟缩着冻成了一堆废铁，体积好像也因为寒冷而蜷曲缩小，不再有隆隆轰鸣声中的那般高大。巴特骑着驼峰塌陷的孟和走过一辆越野车时，场景似曾相识。几天前的抓捕行动，巴特像失意的孤胆英雄，目送得胜归来的机动车敞开嗓门呼啸着从自己身边开过去，开得刚劲有力。虽相距甚远，但胜利的炫耀践踏在巴特的心上，碾压着他生了一场大病。巴特的身体还延续着发烧带来的不适，但是路过越野车的时候，他不自觉地挺直脊背，从比骆驼低矮的一块硬铁壳旁昂首走过去。他特意目不斜视，孟和也目不斜视。他

寻觅

心里欣喜着，孟和也欣喜着。这样一场重大的任务，无论经历过什么，驼队都出色地完成了科技力量完成不了的使命。每一个搜救到的探险者于军驼队而言都是一枚军功章，虽没有挂在骆驼兵和骆驼的身上，只要挽救人的生命，只要能为挽留军驼队的生存有丁点贡献，他们在所不辞。

搜救队到达沙漠边缘的时候，那条公共汽车穿梭的路尽头，已经有救护车和几十个"白大褂"翘首等待，探险者原计划以额济纳旗为终点的探险之旅，虽方式不同，但最终还是圆了他们的心愿，结束在这里。

最后一对情侣探险者被抬上救护车，车子鸣笛三声以示敬意，巴特目送车辆慢行一段距离后，默默地带着驼队离开。军驼队这么多年，习惯了服从命令听指挥的无闻行动，况且，行动远不能停止。听着远去的汽车在深雪里呜隆隆的鸣响，巴特驼队一行踏着救护车的去路，来不及回牧羊海子、回军驼队看一眼，大家一鼓作气向额济纳旗走去。

肉　粥

　　天公作美，回程的日子天虽阴着，边防团的院门，团部留守的政委在门口几十米外焦切地迎驼队。远远瞧去，驼队这个整体整整儿地瘦了一圈。人瘦了，驼瘦了，只是在雪地反射、折射、散射的映照下，他们身上齐齐泛着亮。

　　踏进边防团的门，巴特第一次觉得像回军驼队那般亲切。他执意亲自带着驼队到团操场，已经有战友等着给骆驼们投喂草料。照往常三天不吃不喝对它们来说算不得什么。但是这次骆驼们一来一去的三天，他们却坚持每日至少行走 18 小时，每走一步路也要付出平日百倍的仔细心思，每个人、每峰驼的精力都最大程度消耗着。现在嚼着草料，骆驼们嚼得用劲儿，仿佛要将每一缕细枝末端的汁水营养都吞咽下去。巴特心满意足在骆驼之间走动，他希望它们吃得好。虽不知什么时候还要出发，但巴特盘算着，再次攻坚的时间马上就临近了。

　　越野车队长和牧民们相随着进了饭堂，桌椅因着几天没开火落了一层灰黄，大家顾不得许多，瘫坐在板凳上，捧起冒着

丝丝烟火气的奶茶碗一饮而尽，有的人迫不及待地续上了第二碗。喝上一口，奶茶带着血液唰地跑遍全身，这股子热再一次把大家冰冷的身体融通了。炊事班的战士在围裙上揩着手踏进屋子，招呼战友和牧民们，肉粥马上出锅，大家稍等片刻就能吃上了。自从雪来了，肉粥[1]这种以往寻常的吃食好些人都没再吃过了，为了省粮，更为了省炭火。登时，饭堂里仿佛隐隐飘出肉香。大家呷摸着奶茶，心早痒痒地跟着炊事员进了后厨。几分钟的间隙，大家以为过了几点钟时间，左等右等，印花的搪瓷大盆终于端上桌，肉粥满得快溢出来，刚被端上桌的时候还在盆里愉快地漾着。笑声，吸溜声，呷嘴声，碗筷磕碰声，饭堂里欢声笑语轻轻飘荡起来。草原上的美食真是最神奇的药，能在最短的时间让人精神焕发。

　　一阵规律节奏的手机铃声硬生生地戳穿了逐渐柔软温暖的空气。政委的手机响了。他一边在手机里答应着，一边慢慢扫视着喝粥的人们。这一幕被刚踏进食堂的巴特看见。他发现政委扫视的时候，眼中闪过一丝无奈和抱歉，而后在与巴特眼神交汇时，这些情绪又不见了。政委扣上电话，示意巴特先坐下来吃口热粥。巴特思索着政委的眼神，机械地端着手里的粥碗往嘴里送。可政委招呼大家，自己却一直没有端起粥碗，巴

---

1 羊肉粥，是草原民族喜爱的主食。大米配羊肉、大葱、盐熬煮三小时，肉香粥稠浓。

特预感政委那通电话定不一般，他紧扒了两口，舔干净碗底，便起身跟着政委焦急的步伐出了饭堂。

"政委。"政委回头一看，这小子在身后。

"是不是得出发了政委？"政委的两条浓粗眉凑得很近，几乎要连成一字眉。"我想办法给你们争取休整的时间。"

又说了几句什么，巴特返身回食堂。他决定大声讲几句话，无奈属实不太擅长扯着嗓子喊话，尤其在这个时候，力不从心迫使他从脑顶到脖子充血。巴特张了张嘴，可只见自己嘴张开，没听声音跑出来。大家还在享受肉粥带来的快乐，几乎没人发现他的异样。下一秒，巴特握握拳，蹦在一张空椅子上，这才引来大家的注目。

"大家吃饱了吗？"大家被问得一头雾水，但还是不约而同地点点头。

"蒙古那边需要咱们，能去不能去？"有的牧民边扣大衣扣子，边站起来准备向外走。巴特的动员将尴尬和不好意思瞬间倾泻出去，同时又往血液里灌满了大家积极回应的士气，脑顶依然充着血，兴奋又不知所措地在椅子上站了良久。

政委亲自把边防团的仓库底子和班排宿舍翻遍，找了八十件没被雪水打湿的军大棉，替下哈拉图搜救队员身上已经冻硬的各式外套。人身体的里外都有了热气，把冻进脚底板的寒冷都逼了出来，再出发，又是好汉一条。大家换衣服的空当儿，

肉粥

巴特去操场上检查每一峰骆驼，最后一峰是孟和。巴特有意为之，只有这样可以在短暂的时间里有最充裕的思考时间。孟和是他的依靠，没有孟和在身边他失掉一半力量。但孟和软塌的驼峰昭示着休息的必要，他轻抚孟和倒下驼峰的绒毛，低下头在孟和眼睛边耳语，孟和安静听完，仰起头猛烈地摇头，头侧的缰绳甩打在脸上，巴特见状拉住缰绳，用手背呼撸孟和的侧脸，"好好，一起走。"

驼队整装再出发时，边防团门口是乌泱泱的人、驼、车。政委还是在原来迎接他们的地方送他们离开。短短一两个小时，许是牧民们新换了肥大的军大棉，又许是人驼都吃饱了些，政委感觉驼队比刚才胀大了一圈。他走到巴特身边，给巴特揣了两盒治疗感冒发烧的药，什么都没有说，按了按他的肩膀。巴特感到话语在身体里的流动，但只是流动，没有找到出口。他点点头，一声吆喝，带头出发。

告　别

　　回家的路向来比任何一条旅途美好。越过边境线，雪竟小了，越来越小。到达阿拉善左旗的时候，太阳都忍不住要从地上起立了。天光亮了。早上五点钟，"国际救援队"原地解散，主人们牵着骆驼回家了。能无病无伤地回来，要仰仗三名军医。他们的军旅生涯里，这样艰苦地出征，或也无多。但保全了人畜性命，军驼队今年冬天的功绩便足矣。

　　回到熟悉的军营，能喝上一口热水，战士们高兴地互相拿搪瓷缸子碰杯。巴特暖了一会儿，换了身衣服，又跑出去了。

　　黛青塔娜在门口铲雪，看远处一个人一摇一摆在雪里挪动。塔娜的眼睛瞳仁长得比一般人大，看到的东西就广些，况且这身形在她眼里再熟悉不过。她的黑眼仁早就分辨清楚来者是谁。塔娜的玫红色棉袍在雪地映得更粉更红，她真想见见巴特。塔娜举着铁锹在门口犹豫了半晌，看身影将近，她还是快走两步躲进门，偷偷地往外张望。她已经有七百五十二天没见到他了，隔着军大棉都见得这个男人的背影消瘦了。她一边往

门后继续撤腿，一边想，她真想见见巴特。

巴特既没注意刚才前方一片纯净当中点缀的那一点粉红，又没想着在黛青塔娜家门口停留，一路以最快的速度把及腿根子的雪往前划，他得去看看老喇嘛。牧户们门窗紧闭，军驼队这些天空无一人，谁也没能告诉他一个准话，老喇嘛到底在哪。还没踏进门，巴特就听见熟悉的干呕声。往常听了老喇嘛咳嗽自己也会屏息替他捏一把汗，等他咳出痰来，自己才敢均匀呼吸。今天听了这声音心却能安生地放在肚里了。巴特钻进老喇嘛的房间，四下望老喇嘛不见，等候片刻，还是被浓重的酥油味熏出老喇嘛的房间。

今天昭华庙里空荡荡，没有比几柱袅袅上升的燃香更有生命力的生物。巴特顺着一米深的脚印往后院走，走到老喇嘛的庙仓门口。老喇嘛真是宅心仁厚，今冬太冷，他就把昭华庙饲养的仅有的两峰骆驼牵进库房生活。巴特拉开庙仓的门，因为没窗，里面黑黢黢的，老喇嘛几乎跟这黑融为一体。

"老喇？"巴特试探着老喇嘛的位置。"往左。"

"老喇咋样？""刚回来？"老喇嘛手中熟练地把晒佛图的巨型黄缎折叠起来，就在这个黑暗里，在长长的朝拜的等待里，他也许把这黄缎摸了几十遍了。

"嗯。""雪停了，我得赶紧走了。"

"今年能不能不去了。"巴特从怀里掏出一袋酸果果干，果干在黑暗里飘出一股酸酸的果香。"不行，咱们昭华庙从明清时候起就没缺过。"

"可……唉。"眼睛看不见的时候，耳朵最为敏锐。老喇嘛听见巴特的心跳一阵紧似一阵。"没事，我今年不借你的骆驼。"

"老喇，今年我实在……""我知道。正用你的时候呢，甭管我。"

"就两峰驼，你不能走。""没事，我借去，再不济买去。"老喇呲啦一下撕开酸果果干的塑封条，在黑暗里咯叽咯叽地咀嚼。沉默良久，空气里还是咯叽咯叽地咀嚼声。巴特叹了口气，他答应老喇去帮他借骆驼或者买骆驼回来，便抓紧回军驼队了。

"等等，"巴特刚走到庙仓门口，老喇叫住他。黑黑的老喇凹陷的眼睛却显得干净清澈，像两弯月亮明晃晃地挂在黑暗里。"家里的事儿，多上上心。驼队的事儿，有人跟你一起扛，就不要太专断。"巴特既没听懂"家里的事"，又没听懂"太专断"，他只知道眼下当务之急就是去找骆驼，让老喇嘛早些出发。

巴特回到营区，刚好跟脖子上搭着毛巾的秦恩东碰上。他想跟秦恩东说说一起去帮老喇嘛找骆驼的事。说话他不在行，但秦恩东在行。秦恩东看着呼呼冒着热气的巴特，眉头皱了一下。

告别

"咋呢？我有味儿呢？"巴特抬起袖口闻了闻，又歪着脖子闻了闻领口。秦恩东撇了下嘴。汗一会儿湿一会儿干，就这样十多天，谁能没味。不过，终于有巴特用得着他的时候，他心里一喜。"先洗把脸哇，洗完就走。"秦恩东的喜悦和积极藏在这一句话里，高兴满涨。

为了显以正式，也为了再次证明骆驼的抗冰雪能力，巴特和秦恩东跨上骆驼，从嘎查第一户开始登门造访。驼数太少的牧户，他们干脆没有去，在一户曾经世代开驼行的老人布日古德家门口停下来。老人今年快八十岁了，依然能够骑上骆驼出走十几天，再回来红光满面，这次蒙古国应急救援行动，布日古德大叔携带他的骆驼们全部出动。嘎查的骆驼属他家最多，整体上也最精壮，是阿努亨多年来最大的主顾。尽管现在不叫驼行了，但是贩驼的生意还是远近闻名地做着。有时候牧民因为手头紧但是又需要买骆驼加快赚钱的脚步，布日古德经常会赊账给他们，也不打欠条，也不用找担保人，全靠一份信用。也确实如布日古德大叔掌握，从他爷爷那一辈人开始，无论是租借骆驼的还是买骆驼的，从没有人失信过，有借有还，有买有偿。有人问过他，真要是有人骑走骆驼不还了怎么办，大叔每次都露着后槽牙大笑："都是让交瑟[1]逼得没办法了才上我这赊账，人家能开得下这口就不容易了，为啥不相信能还得上？

---

1 蒙语意为：钱。

人家没偷没抢，把脸面往我这一放，我还不把心放给人家？人家光明正大地赊，咱也得光明正大地做人了哇。再说了，没交瑟还想买骆驼、借骆驼的人，能对骆驼不好了？白骑上走也没啥不好，有个好人家对它也是它修的福。"

巴特和秦恩东有点抱歉，布日古德大叔的驼队支撑了"国际救援队"的半壁江山，现在骆驼还没卧下来吃口干草，布日古德就又要被叨扰。二人下了驼，往这昔日的驼行门口一站，巴特不自觉地往后稍了稍。秦恩东有点想笑，还是屏住气往前站了一步，敲响布日古德家的铜制兽面衔环铺首。巴特跟老人用蒙语打了招呼，扭扭捏捏地问老人这时节还卖不卖骆驼，不卖的话还给不给借骆驼。布日古德被这一上来的问话问懵了，秦恩东见此情形，赶紧碰了下巴特的胳膊，自己开口了。布日古德追问军驼队也有骆驼，再说他也知道部队这些年不让置新了，怎么就想着深深大雪的时候来买骆驼。

"大叔，这趟您走辛苦了，谢谢您和驼队。""哈哈哈那没事，是咋，是任务完成得好，看上咱们哪峰骆驼了？"

"哈哈，这骆驼不是我们用。""哦，你们要肯定是正道上的事儿。是想租还是想买？"

"都行，看您方便。""看我？你就告诉我要咋用，咱路途长了一般都是卖，路途短了都能租。不过还是看手头。"

"大叔，咱这骆驼是往西藏去，远嘛是远。"布日古德歪

着头，边听边呕摸着发了乌的旱烟管子。"那没事，那你们用就用，要几峰，给你们找壮实的。"

"您能余出来咱就要四峰。""借的骆驼管够，卖的嘛，不卖咯。"

"那……那您看看租价。"秦恩东为了难，巴特更是被臊得说不出话，只在一旁抿着嘴。"给你们租不要钱。"

"有借有偿，再借不难。大叔您这赶我们走。""指导员小伙子，咱牧羊海子上不兴说这个，走哇，跟我取驼去。"

布日古德贩了一辈子驼，还坐在摇篮里的时候，就被放在驼背上跟着爷爷出去贩驼，虽不会说话，眼里看着耳里听着，早深谙世事。他知道这个时节去西藏，定是老喇嘛要用骆驼。这个冬天没有一家一户是宽裕的，更别说老喇嘛，牧民们连路都走不开去，昭华庙哪还有什么香火。早就听说今年的孟阿满扎老喇嘛要去，没有几峰骆驼替换着，老喇嘛哪也去不动。他不想在这个时候收人钱财，所以选择只租不卖。

几声热烘烘地嘶叫，军驼和布日古德的骆驼算是打了照面，六峰骆驼互相链着，从布日古德的驼行缓缓行动。布日古德朝他们挥手，长吁了一口气，他不担心别的，就是老喇嘛的身体，此去就像取经，苦多凶多。他朝昭华庙的方向，将手合十一拜，祈老喇嘛顺遂。

秦恩东跟巴特并排坐在骆驼上摇摆着向昭华庙移动。说起牧羊海子的天气，秦恩东感慨要是去蒙古国的时候雪像现在这样停了，路就好走多了。巴特不同意，雪停了，太阳就快出来了，到时候的雪又刺眼又打滑，更难行。秦恩东有点尴尬，极力地搜寻着话题，也不知为什么，他的话匣子每次一到巴特这就卡了壳，转不动了。终于，他想轻松地开个玩笑。

"老巴，假设啊，我说假设，咱们要是真解散了，咱们骆驼送哪？是不是送布日古德的驼行稳妥一点？"好像真有雪刺痛了巴特的眼，巴特把头转向一边，他强压着怒火，揉了两下眼睛。他太清楚自己不应该朝秦恩东发火。没理由，没道理。也许这还真就是骆驼们最后最好的归宿，但是作为自己人，秦恩东又怎么能这么想呢？他们翻山越岭、破雪除障的一路，不就是为了把军驼队救回来。巴特实在是不知道该怎么表达怨愤，因这怨愤不该给秦恩东去承受。其实在他不自觉的维度上，已然给秦恩东增添了不少砝码，秦恩东已是靠着开朗担待了许多。但是巴特怎么也压不住这一点火气，低声说了句："乌鸦嘴。"短短三个字，要比很多长篇大论来得有杀伤力得多。巴特说完这话，心底是虚的。偷瞄了秦恩东一眼，他发现秦恩东笑了，他居然笑了。要是哪天谁把这话说给他巴特，他绝不让步，甚至会用更狠的话怼回去。秦恩东抿了下嘴，把脸直直地转向巴特。"老巴，我给你的书，你都白看了哇。书里面说了，想过自己想要的生活叫自由，想让别人过自己想要的生活叫自私。

你要让每一个人都跟你想的一样，不一样就是乌鸦嘴？"这句话噎得巴特一时间消化不了，他脸红了，在他看来，秦恩东这种文绉绉、不轻易与人高喊二叫的"吵架"，恰巧震慑他的灵魂，恰巧是使他痛感最强烈的言辞。秦恩东也不想再搜肠刮肚地寻找别的话题，这么多年两人互为彼此的话题终结者。这次秦恩东带了点软刺，他感到有点痛快，终于有一次他的想法没有夭折在牙齿后面，终于有一次他表达了自己作为主官对整个连队的意见。但看着巴特有点受不了，他又有点懊悔。各自揣着二两想法，二人只好都沉默了。

军驼队执行任务回来，团里准许全员放一天假，让大家休整洗漱，家近的能回家看看。大部分战士体验了一把战场精力耗费的感觉，虽不刺激但真切。因此没多一会儿，军驼队的营房就响起此起彼伏的鼾声。巴尔虎没睡觉，匆匆洗了把脸就回家了。刚才还没进营区的时候，就看见家里烟囱罕见地向外咕嘟咕嘟冒着灰色的烟。乌日娜听说驼队回来，早早向老喇嘛告了假，她要给儿子犒赏一顿羊肉，而且，家里多了峰幼驼的事，她要告诉巴尔虎。乌日娜给巴尔虎盛了一搪瓷盆的羊肉，巴尔虎不消一会儿，就摞起小山样的骨头，开始舔盘子里的碎肉了。再顺上一壶奶茶，一股暖流顺着食道倾泻而下，瞬间把长久以来冻得僵直的食道冲刷柔软。暖流直通胃部，在胃里转个回旋，把羊肉纤维干燥又支棱的缝隙细致地充满，羊油羊肉和砖茶牛奶的味道在胃里升腾搅混，胃部瞬间暖暖地鼓胀起来。巴尔虎铆足劲打了个深长的、热乎乎的嗝。额吉的食物带来的幸福和满足，是巴尔虎庆幸自己当兵未走远的原因之一。乌日娜搬了凳子，一边在围裙上擦拭每一根手指，一边欣慰地看着巴尔虎。人生为数不多能让乌日娜有成就感的事情，其中一件就是看着儿子吃自己做的饭。这一趟走这么多天，着实馋坏了特殊体质的巴尔虎。茶足肉饱，乌日娜准备给巴尔虎讲讲幼驼的事儿。

还没说几句，巴尔虎就跑到偏凉房去看自家的骆驼。他刚才进厨房前去凉房瞅过一眼，看自己的骆驼们都健康地趴卧着，就没注意别的。现在，经母亲两句话说出来，他发现角落里添了一峰小骆驼，它趴在羊毛毡上，依偎着身旁的大骆驼。巴尔虎仔细地盯着小骆驼看，卡其色的毛发里夹杂着一些细小柔嫩的白色绒毛，它还没有经过第一番脱毛，年纪小小的它满脸像只长了一双眼睛一般，又亮又圆，睫毛拍打着水水的眼仁，像是要滴落一滴眼泪。巴尔虎高兴得紧。要知道自小时候的"守驼事件"之后，额吉可是再没允许家里进过骆驼，他激动地简直想抱额吉一下。但是激动的情绪一到嘴边，就像被牙齿放出去了似的没有了，巴尔虎只是搓搓手问了一句："我的？"随后又从头到尾给小骆驼检查身体。乌日娜有点抱歉地看着儿子。她的语言顺序颠倒了，她应该先说是怎么回事，再告诉巴尔虎有一峰小骆驼在家里养着。

站在凉房里，听着骆驼咀嚼的声音，巴尔虎把母亲含混不清的解释听完。空气中安静得一根草秆掉在地上都像小石头落地的扑通声。想必额吉看了他的反应也慌了，才会讲得没有一点头绪。巴尔虎抚摸着小骆驼细细的绒毛，听不清楚额吉的话语。但是巴尔虎记住了小骆驼是黛青塔娜送来的，跟额吉说了句先出去一下，就奔东北面的黛青塔娜家去了，留下乌日娜站在凉房里。巴尔虎一走，空气里那点稍稍生发的暖气也被带走了。乌日娜攥着糊了羊油的拳头，一下下砸在围裙上。这事情还没有开始办，就让她搞砸了。

巴尔虎走得呼哧呼哧，要不是有裆下的雪拦着，他估计两三步就并到黛青塔娜家了。他想象不到自己的举动，平常很少跟人交流、更少跟异性交流的巴尔虎，此刻竟站在黛青塔娜的院子门口，准备敲响院子大门，跟黛青塔娜说几句话。

"塔娜姐！"嘣嘣嘣，"塔娜姐！"嘣嘣嘣。

黛青塔娜刚才看见巴特的时候，就知道军驼队回来了，巴尔虎过不了多久也得登门造访了。只是没想到巴尔虎来得这么快。塔娜收起桌子上的刺青工具，套上玫红棉袄，紧走两步给巴尔虎开了门。

"回来啦巴尔虎？进来哇，外面化雪呀，马上更冻呀。"黛青塔娜笑着招呼。"不了姐，我问你两句话，问完就走。"

黛青塔娜没预料到巴尔虎居然是怒气冲冲来的，她呆愣了几秒，"那也进院子说，一个站院里一个站院外像个啥。"巴尔虎不情愿地往前挪了两步。他还是不习惯看女孩子的脸，一看就要红了。这会儿不是他脸红的时候，他就往一边别着脑袋。

"姐那我说了。"巴尔虎声调还算比较平稳。但是接下来一开腔，巴尔虎就控制不住自己的喉咙似的，声音一阵高似一阵。

"姐，你和连长到底咋回事？""没事呀，啥咋回事？"

"没事你送他骆驼干啥。""我也没说就给他的呀，让你牵回去养的么。乌日娜姨姨又不让你在家养，你就放在队里悄悄养呗。"

"要真给我我还来找你干啥。""那你现在来了，姐告诉你啦，小骆驼送给你了。"

"姐，那别人看不见，我看不见吗！""看见啥。"

"姐，"巴尔虎喉结咕咚，吞了一口唾沫，握紧拳头，"连长都结婚好几年了，你是不是想破坏他跟嫂子？"黛青塔娜一直耐心地跟巴尔虎说话，听了这一句，既像是血痂忽然被撕开的痛，又像是血痂边缘的红色皮肤，隐秘的、痒痒的东西被显现。她终于按捺不住，用比巴尔虎还高的音调，企图把已经流窜在空气中的那句话掩盖。"我破坏啥啦！我在呼市待了两年没回来了，嫂子跟巴特哥一直好着，咋就我破坏啦！自我回来一句话也没跟巴特哥说过呢。不能因为小时候关系好就冤枉人哇！"说着说着，塔娜激动地眼泪在清冽冽的眼眶上左滑右转。

巴尔虎听不得女孩子带着哭腔的颤声，但是说到现在他还是什么都不清楚，他不甘罢休。巴尔虎硬着头皮，"那你说，小骆驼耳朵里面的刺青是咋回事。"黛青塔娜举起擦泪的手停在半空。忽地，她像泄了气的气压管，手垂下来，玫红色的袄子也弯了。"巴尔虎，你看见了。"

"嗯，看见你刺了连长的名字。""嗯，是我刺的。"

"那你还说……"塔娜打断巴尔虎的发问，眼睛直勾勾地盯住地上扫成一座小山的雪。"刺青和破不破坏是两码事儿。刺青是我自己的事，但没破坏就是没破坏。"

"那万一有人看见了，你让连长咋做。""要不是你仔细翻了，一般人找不见我刺的地方。再说我送的小骆驼，就是想代替我跟他告别，陪伴他的生活，我又没要求他咋样，也没说这个就是送他的。"

"那万一。""没有万一，就算是有万一，就连你没找到我刺的另一处吧。"

"没……"巴尔虎确实以他养驼多年的经验把小骆驼翻了个遍，看见有连长名字的刺青立刻就坐不住了，哪还有工夫再去细查别的部位。不过另一个部位一定藏得更深，连他不放过任意一处毛发的检查都瞒了过去。"另一处在左前蹄后筋腕快到脚掌那。我刻了'百日太[1]'。"

---

1 蒙语意为：再见。

见巴尔虎被说得空了神，黛青塔娜盯着雪，也放空了。厚实的雪里好像有小时候巴特带她打雪仗的影子，她跌倒了，巴特就拉住一只手把她拎起来继续跑。她悄悄往巴特的后脖颈扔一颗雪粒，巴特一个激灵，逗得塔娜哈哈大笑。雪下的太少，他们就把方圆十米的雪都铲在一起，哪怕堆一个雪人身子，也要插两粒煤灰做雪人眼睛。现在眼里满世界的雪，够打一年雪仗了，但是打雪仗的人，她却要永远从心里划清界限了。在她自己苦下决心的时候，居然还有人来质问，对她是莫大的打击。她盯着雪，她感觉雪在她的注视下慢慢发灰，从底层开始，蜿蜒往上。她自言自语着："你知道吗，喜欢是隐私，是秘密，是自己的事，跟任何人无关，甚至跟你喜欢的人也无关。跟他见不见面，跟他说不说话，他心里想什么，都不重要。喜欢就是孤独，孤独也是一个人的，还有放弃，也是一个人的事，自己跟自己闹过了，笑过了，哭过了，也得有散场的时候，是时候享受孤独，私藏喜欢了。所以你知道吗，我不怕人说，我啥欠良心的事都没干。心里的白灾跟门前的白灾那能是一场灾难吗？就像我说雪是黑的，你说这雪是黑的吗？"黛青塔娜挣扎着想从"黑"雪里跳出来去问巴尔虎，但是怎么跳也跳不出来。等她醒过来，巴尔虎早就不在对面站着，她去院门口看，远处也没有人影了。她裹紧玫红色棉袄，深吸了一口真实的空气，进屋了。

巴尔虎的怒气全下去了，他觉得黛青塔娜是牧羊海子今年冬天最可怜的人，他不知道怎么跟黛青塔娜道歉，就在她缓慢的絮叨中跑开了，用了比来时还快的速度。巴尔虎回到家里，乌日娜的灶火还没熄，他让额吉煮了壶奶，自己爬上墙，透过栅栏看营区里没人走动，就拉上小骆驼，拿上灌进铝暖壶的奶匆匆回队了。乌日娜抹着围裙，看儿子前前后后一阵忙碌，有些原谅了自己。

乌日娜收拾完家回昭华庙，刚好碰见了在院子里分配骆驼的军驼队连长和指导员，乌日娜见这动静，赶紧钻进厨房，她得抓紧给上路的老喇嘛等一众人准备干粮了。老喇嘛进屋出屋，忙着给小喇嘛们指挥搬运行李，脸上的皱纹笑得更深了。老喇嘛像提前过年似的，将这难得出门朝圣的机会营造得很有仪式感。他的好心情带动整个昭华庙的气氛，院里一派热闹。

哈拉以跑步的姿势、走路的速度跑进昭华庙院子，巴特在乱哄哄一片中，先看见了同时也在寻找他的哈拉，巴特冲着哈拉走过去，估计是军驼队有事。哈拉边比划边说，巴特听了，立即转身跟老喇嘛和秦恩东打了招呼，就随哈拉往外走。路上巴特焦急地冒着汗，一边走一边问哈拉"咋来的"、"啥时候来的"、"坐的啥车"、"坐没坐车"。哈拉什么也不知道，只是说看见了就着急来喊连长。

归　来

　　在时间的长河中，每一段时间的流逝应该都是不均等的，要不怎么能在河流中溅起浪花。要是溅不起浪花，河流也没有动力向前奔涌了。自从白灾以来，巴特身上的时间急不可耐地流走，挽救军驼队的行动使他一刻也不敢停下步伐。即便是面临死的威胁和生的渺茫，他也拼命地想和时间赛跑，纵使知道追不上，他也要一刻不停地努力，离得近一点，希望就多一点。前面白灾暴雪时对巴特来说是紧急的，要争分夺秒地过才能稍稍看得见时间疾走的步伐；接下来的时间于他而言又是漫长的，漫长得像在深夜等待日出的人的眼睛。每一时刻都渴望太阳的出现，又在出现的那一刻感到刺眼，不得不障目。

　　巴特走到营区门口，平日里风风火火的他竟然站住，被雪吸住了似的，不敢往前走。眼前站着这个熟悉的轮廓，他想几步就走近过去,但是这轮廓不知道为什么让他感觉是往后退着，巴特感到眩晕。高高的马尾扎在后脑勺的高点，细直腿上的白裤子跟白雪融在一起，要不是太熟悉都分辨不清。不知是谁的

军大衣肥大地挂在她身上，远远看去像离开雪面在空中自动行走的军大衣。

"老巴，老巴，老巴，老巴。"巴特也忘了传进耳朵里的名字传了几遍才把自己唤清醒。巴特使劲甩头，想把错觉甩开，双手揉揉眼睛，确保眼前的景象不是海市蜃楼的幻象。因为这景象在一年前的梦境里出现过，当时的深夜里，巴特猛地坐起来，喝了口水，一夜再无眠。那个人太像他朝思暮想的彩霞了，这个人太像他梦里千思万想的彩霞了。但现在真的是彩霞吗？巴特不敢打招呼，更不敢问面前这个人是不是真的人，他想闻闻那件军大衣的味道，闻了就知道是不是真的了。巴特拉动黏在地上的毛嘎登[1]向前迈，每一步都迈得很夸张，引得身边的战士偷笑，但巴特不觉得，他只专注地走路。这几步走得艰难而漫长，终于走到高马尾近前，巴特汗珠直往下巴上淌。巴特没打招呼，也没去触摸高马尾身上的任何一处，更没有仔细打量她的面庞，他只是俯下身，使劲嗅迷彩大衣上的味道。嗯，是自己身上的味道，肥皂味也挡不住的边疆男人的味道。巴特嘿嘿地笑起来，直到有一巴掌轻轻地打在他大臂上，巴特才彻底醒来。

"老巴，干吗呢！这是你的衣服，别闻啦。""嘿嘿，嘿嘿。"

"你傻啦？你也不问问媳妇咋来的，啥时候来的，来多长

---

1 方言意为：棉靴子。

时间啦，就在这闻。"旁边的小伙子们"哦——哦——"地起哄，巴特向一边瞪了一眼，才发觉自己离媳妇近得快贴上鼻子，他不好意思地往后退了两步。彩霞本来就长得高，巴特觉得两年多不见好像蹿个儿了似的，快要比他更高了。当着这么多人的面，他也不知道该怎么开口问候，怎么化解刚才荒唐的尴尬，只是笑着摸了下彩霞的发尾："高了，长高了。"彩霞被逗得哈哈大笑，站在院子边缘的战士们跟着一起大声笑着。站在营房门口的军医们也笑着，只有王晓彤没笑，她杵了杵旁边的庞林："巴连长这才是真的爱情啊，为爱痴狂了。太感人了。""他这明明是想媳妇想疯了。"王晓彤又使劲杵了庞林一下，跟庞林隔开距离站了。军医队长李白朝大家挥手，示意大家看完热闹得赶紧解散了。战士们面面相觑，相继走进营房。回屋扒在窗户上看和在院子里站着看，对他们来说都是一样，都是他们枯燥乏味又高强度的生活里一剂强心针，因为今天的连长再也不是往日寡着脸的连长，他们可以见到另一面的他了。

巴特一直目送战友都鱼贯入营房，才松懈下来，想跟彩霞说两句什么，又忘了。就只能掰着手指头抠指甲。他是真的没有想到，他以为暴风雪的阻拦下，说过的"一周后到"只能拖到几个月后，可彩霞依然如约站在了他面前。

"行啦，快出去待会儿吧，这么多人在里面看着呢，他们看着，你也说不出话。"果然彩霞还是最懂巴特。只消巴特一

归来

个表情，彩霞就不言自明。两个人刚要走，巴特把彩霞拽住了。"不行，你先进屋暖暖，外面太冷，别在外面待。"彩霞庆幸巴特终于恢复了原有的意识，随着巴特进了宿舍。巴特的宿舍里，彩霞的天蓝色羽绒服挂在窗户边，屋里的暖和让冻僵的羽绒服表面冻得硬邦邦的冰雪壳开始化水滴落，流淌到火炉子前又很快蒸发，没留下一点印记。这还是巴特三年前去武汉学习回来给彩霞买的羽绒服，是巴特给彩霞的惊喜。认识这么多年，巴特从来没给彩霞买过一件衣服，他总觉得彩霞那么高挑的身材只有她自己能知道哪件衣服是不是肥了，哪条裤子是不是短了。当时巴特郑重其事地拆开包装袋，给彩霞拉上羽绒服拉锁的时候，彩霞一下就笑喷了。羽绒服太大，加上色彩的饱和度太高，瘦高的彩霞套进羽绒服里，看上去竟像一只椭圆的气球。彩霞笑着笑着，两个人就一起笑了。不过，笑归笑，彩霞笑过之后就在每一个冬天认真地穿着，就像三年后的今天，这件羽绒服被保养得还像原先那样蓬松亮净，保护着彩霞，把她送在巴特面前。巴特一边给彩霞用干布子擦拭表面的水渍，一边回头看着彩霞。外面太冻了，屋里的热气把彩霞烘得暖暖的，绯红上了脸颊。

"媳妇儿。" "哎。"

"媳妇儿。" "哎。"

"媳妇儿。" "哎。"

每一声喊得不一样，答得也不一样。这三声对答，把两年的情谊全揉进去了，浓得化了冻的雪水也化不开。

彩霞走过去，倒在巴特的臂弯里。这是她拒绝了无数拥抱而一直等待的最渴望的怀抱。这段从面对面走到怀里的距离，他们又走了两年多，走得太辛苦了。巴特低首，喃喃地问彩霞这么大的白灾，怎么能进了阿拉善，怎么能回来牧羊海子。彩霞反问巴特，为什么上一通电话之后就再也打不通电话了。彩霞想打通的这条通话线，巴特其实更想打通，尤其是坠落雪沙山的那一刻，他以为连最后一次听见妻子声音的机会都没有了，懊悔自己的犹豫不决——那次站在房顶上的时候，电话本来可以打通。但后面随着大雪更凶猛，任务纷至，无线塔台就再也没能发出去信号。巴特也就把打电话的事情暂搁在心里的某个角落了。彩霞本有些气恼，巴特犹豫不决的毛病，尽管他自己也愤恨、后悔了多年，但就是改不了。当她听完巴特消失的这一段时间的所有经历，她的气恼凭空消失了，她双手托着巴特的下巴，给他一个深深的，此后再也没能忘怀的吻。

这一路，彩霞从希望走上绝望，又从绝望再走上希望。她为了来到牧羊海子，走过的路不比巴特少。原本十五个小时的火车车程在这片冰天雪地里硬生生走了半个月的时间。从呼和浩特出发后的第四个小时，刚进巴彦淖尔盟境内，火车就停了。从出站后的第二个小时开始，原先的小雪忽地变本加厉地泼洒

在铁轨上，列车终于又强行两小时后，被逼停了。铁皮的外面是荒山野原，火车不能把任何一个人撂在没有人烟的地方。救援无法及时赶到，调度中心也没了办法。发出 K7979 列车时，本以为这趟能顺利到达终点而后停运。不管千个没想到，还是万个没预见，列车卡在起点和终点的中间，已是事实。绝处逢生从来也不是等着桥头"自然直"。船到桥头自然直，车到山前必有路，这"桥头""路"原需靠人找的。全车人在逐渐感受到的寒冷中迅速变得不再是陌路人，起初还有一些微弱的怨声载道，后来也被强烈的共有求生欲掩盖。彩霞也在想，怨艾有什么用呢，同生共死已是不同地域不同人眼下的共同命运。人们在短时间内想了一个实施起来困难、但有效的办法：列车的工作人员和全体乘客分组轮流清雪，推动火车一点一点向前挪，只要挪到下一站，人们就能离开这个冰冷的铁皮，在有人烟的地方寻找温暖。就这样，火车一步一挪蹭到了巴彦高勒，快到站的时候，巴彦高勒站站底已经有一大片铁锹挥舞着，铁锹和铁轨的摩擦叮咣作响，汽笛拉响短暂胜利的喜悦，使得 K7979 的最后五公里走得顺滑流畅。

　　后面的路彩霞没有告诉巴特是怎么走的。他们彼此把最危险的桥段都压在舌头下没有说出来。说出来干什么呢？反正现在互相好端端地依偎在彼此身边。最漫长的岁月和最黑暗的夜都是自己走过来的，个中心酸不由分说，你是怎样过得，我便是怎样过得。可巴特一直等着的却是彩霞的下文。没有柔软和脆弱的彩霞他几乎不认识了。他希望她说出一些痛与难，好让他庆幸生活还是有些微瞬间是需要他这个男人的，他希望自己还是那个能一起分享隐秘伤口的人，曾经因为参与隐秘的伤口而走在一起的人，这一点初心好歹也快留不住了。彩霞体悟不到巴特的心理，她只觉无论是用地上跑的还是天上飞的，怎么走在巴特面前不重要，说得再多就太刻意了，她一身雪水地站在军驼队门口时，既不觉得委屈也没有自我感动的伟大。与这六年的心路相比，与这几天心绪的繁杂相比，实际的雪路算好走多了。况且，她有更重要的事情，远比叙述路途的艰辛更加要紧。但是，在这之前，她要把时间留给彼此。留给彼此的时间不多，在这不多的分秒中，她想尽力快乐。

彩霞靠在巴特肩头，手被巴特轻握着，淡淡地说完自己的旅途，巴特问了几句"然后呢"，彩霞都轻轻地笑了。"没有然后呀，然后就在这里。"人心真的隔着肚皮吗？还是隔着天地。人性中的积极主动如果是恒定的，属于巴特的早就被事业和骆驼消耗殆尽，因此在挚爱的人面前木讷得自己都难以置信。巴特听彩霞说话的时候，觉得声音越来越远，最后远得像是山洞两侧的喊话和听话，他耳朵竖立，想捕捉彩霞每一个频段的乐音，这熟悉又珍贵的声音。熟悉的是这个声音是他三十多年人生里出现频率最高的女声，珍贵的是这声音并非他日夜可得，

他得要吊着胆子小心翼翼，才能听得一次。司空见惯即是庸常，有何珍贵？巴特不觉得。自从工作后，他实践经验累了半山高，但思考经验却少之又少。他听着彩霞遥远幽空的声音，脑海里混浊着。他在心里跟自己对着话。

你说彩霞、空气和水，哪个能随时感知到他们的存在？不能。

哪个又能在命里面少得下？少下一个，生活还怎么转呢，转不了。

那这还不叫珍贵？叫。

巴特的脑子不听指挥，一步步逼问自己，把自己逼近旮旯里。

那这些东西没了你，它们还能存在不？能吗？

能不能？好像……能。

那就对你一个人珍贵，你为什么不珍惜？珍惜了。

珍惜了？……

巴特身体抖了一个激灵。彩霞坐起身来，笑问是不是自己变重了，巴特赶紧摸摸后腰岔着话题。没有，总感觉背后窗户开了，一阵凉。

尴尬蹩脚的理由还是没有把巴特从山洞里拽出来。他第一次认真思考，为什么事业和爱情同样热爱，他却给予完全不同的待遇，甚至无法扭转。直到彩霞在怀里睡着，他也没想出所以然。他从自己的山旮旯里走出来，给彩霞盖好被子，就这么环抱着她睡。

他们什么时候才能够同频呢？像高二那年夕阳下的那次默默的但令人震颤的同频心跳，再没有了。

巴特看彩霞睡熟了，站起身去仓库找火不思。彩霞不在的日子，火不思没被打开过，但是他已经忘了自己什么时候把它从宿舍搬了出去。以前为了给彩霞弹琴，他的手指肚磨出一层老茧。上军校的时候，不管白天训练多累，也不管彩霞多晚想听火不思，他都黑着灯爬起来躲进包库给她弹，直到她睡着，他才搓搓老茧结束自己的一天。但是这样与浪漫最切近的日子，自从他来到军驼队，再没有过。他没有把这一腔诗意交付给过别的任何，但是凭空消失了六年之久，他现在才意识到。

火不思放在库房的地上干得有些开裂，加上今冬雪水带来的不正常湿气，火不思琴箱已经有了翘角，巴特心疼了一下。琴弦上的一层薄锈，巴特把弦用大拇指和食指并起来从头到尾顺一遍，锈迹染指，像陈旧黏稠的血液。连琴都伤了心的，人更要怎么办。

彩霞醒来，巴特正往火炉里添碳。阳光终于憋不住，从地下隐隐现出身影，照着巴特身上泛出微弱的光。两个人商量到经常去的沙坡看看，彩霞尤其指定了去有沙板凳的那片沙漠。穿戴厚实，两人走出宿舍。巴特给彩霞比了一个"嘘"的手势，

战士们已经午休了，别惊扰了他们。巴特什么时候都不能忘的，还是朝夕相处的一切。走出军驼队一段距离，巴特才走近彩霞，牵起彩霞的手。不知道是各自怀揣心事，还是太阳难得的出现让他们共同忆起往事，谁都没有说话，就静静地走。巴特心下一直期许的同频共振，确实来了。只是不是以前的频率。彩霞紧了紧巴特的手，巴特回头，彩霞终于要开口了。巴特虽然紧张得手心冒汗，他也宁愿彩霞说些什么。

两颗心刚要开始调频，有新的杂音扰乱了波动。又是哈拉，远远地向他们的方向边跑边喊。巴特心里有些恼火，午休时间怎么还有事情加急，这是好不容易属于他们的时间，是好不容易属于他们的空间，他只想要这片刻安宁。他拉着彩霞，更坚定地往前走。但是哈拉一直不停地朝他们跑来，这么跟着更不是个办法，巴特难得没有火气的一天，又接近爆发。他冲着哈拉大喊："要不是要命的事，你就给我回去！"看哈拉还没有停下脚步的意思，他又喊一遍，哈拉还是重复着夸张的雪地行进步伐，巴特终于心虚了。

他看见彩霞眼中闪过的一丝试图理解又掩藏不住的失望，叹了口气，巴特拉着彩霞转身往回走，但只走了两步手就放开了，他不好意思让战士看见这一幕。跟哈拉碰面后，哈拉比几个小时前的情绪更激动，巴特也无心再听，匆匆迈着大步穿越深雪。彩霞在后面跟着，开始还只差一步的距离，后面就越落越远，最后只能累得原地喘气。巴特身体前倾、目不斜视地往前走，走了好一会儿，才发觉落下了什么，独来独往已经成为他的习惯。猛地回头，看彩霞已远离五十米开外，巴特犹豫着回去接彩霞，彩霞摆摆手："你走吧，我自己慢点走。"巴特想象军驼队的乱象，咬咬牙继续往前走了。

归
来

偷　窥

　　"连长，那嫂子……""先走吧。"哈拉连连回头看彩霞，连长这么有情有义的人，这种时候又真让人无法理解。

　　还没到军驼队的营区，就听见女人的声音在哭。干洌洌的清冷里，哭声刺耳。巴特走过门岗，看见王晓彤裹紧军大衣，冻成白色冰棍的卷发被捂直，散落着披散在军大衣的毛领子外，蹲在院子中间哭。因为嫂子来队，院子中央积累了十几天的雪已经被谁清理干净，没有余雪。王晓彤见巴特回来了，干脆坐在地上，放声大哭。虽然今天休整，还没到起床时间，但是战士们早就像刚才看热闹一样在窗边扒着了。站在王晓彤一旁的，还有李白和庞林。巴特深知自己没有安慰人的能力，便着急地看向李白。李白把巴特拉到一边，给巴特讲了刚才发生的事。

　　救援回来，虽然浑身脏臭，但军驼队的男人们在精神放松的同时，困意和疲倦感同时袭来，都抹把脸、最多擦个身子纷纷去睡了，营区唯一的女人王晓彤趁着大好的机会，端着脸盆等一应洗澡物什钻进了锅炉房，准备用囤积的雪水烧开，欢欢畅畅洗一澡。自从来了沙漠深处的军驼队，她还没有像模像样地洗过澡。自从下起雪来物资越发紧缺，她想洗澡也没好意思跟连队提。

这次执行任务回来，团领导肯定军医小分队的功劳，问军医队有什么需要，李白队长本来婉拒了这份好意。但是王晓彤却爽直地站出来，直接跟团长说想要一大捆柴火。团长笑着说要吃的、要穿的都能理解，唯独没有人要过柴火，问她是不是炉子烧得不暖。王晓彤摇摇头，要什么她敢直接说，但是要让她当着这么多男人的面说用途，王晓彤犯了难。脸憋红半天，她还是抬起下巴，正经地告诉团长："我想洗澡。但不想浪费军驼队柴火。"她这一句引得在场的人哄堂大笑。笑里是对王晓彤烂漫、善良的赞许，也包含着些许灾难里的苦涩。就这样，军驼队回牧羊海子的路上，王晓彤骑的驼峰之间多了两捆柴火。因着这两捆柴火，王晓彤备齐了所有洗漱用品，准备大张旗鼓地洗个彻底的澡。夜晚太黑她觉得不安全，人们都在午睡的当儿，既是一天中最暖和的时候，又是没人看管无忧无虑的状态。王晓彤边烧水边哼着小曲儿。零下四十多度的天气里，周身能够被暖流包围，要比本身就置身于温暖中感受到的幸福放大数倍。

可随着一声惨叫，王晓彤把自己吓得差点将一盆开水打翻在地。她在锅炉房门后躲着喊了很多遍"是谁？是谁！"始终

偷窥

— 187 —

没人应答，等她匆匆擦干身子出来，门口早没有任何影迹，再后来的事情，就是巴特眼下看到的这一幕。

李白大概讲完这件事，王晓彤激动地颤抖着："偷窥，就是偷窥！"巴特心中早已明白李白讲这一通是要说明什么不光彩的事情，意下所指尽在没说出来的话里。李白看巴特一脸尴尬，拍拍他的后背，"晓彤现在有点激动，咱们暂不论她，我好好做她的工作。但是咱们军驼队出了这事，也真是不好往外传了。咱们一起配合着找见这个小伙子，给晓彤道个歉就可以了。咱就谁也再不提了。毕竟知道的人越多，事儿越不好解决，也越煞晓彤的脸面。"李队长每一句话都在理，巴特连连点头。他知道这事情出了，毕竟不是自己队里的人，作为主官，非得给女孩子一个说法不可。但正当他尝试着跟王晓彤沟通，王晓彤意识里的"犯罪嫌疑人"，让巴特尝试淡定的心完全崩盘。

若不是作为连队主官尽量冷静地跟李队长说话，巴特早就把全连拉出来挨个儿对鼻子对眼地盘问了。作风问题，对于军驼队整个历史上来说闻所未闻，却在他尽力维护的这一届出了漏子。就像自己拼上所有养大的孩子犯法进了少管所，巴特被怒气烧得发热，又被失望泼得发冷。脑袋顶冷一阵热一阵，巴特被从后面赶上来的秦恩东扶住，才站稳。这一把相扶，虽不够将两人前面的尴尬戳破，但是现在是内与外的矛盾，他们唯有站在一条线上，才能确保"嫌疑人"落网，才能最大程度地保护王晓彤和"嫌疑人"。可是王晓彤终于还是冷静不下来，在院子中间喊出"巴尔虎"的名字。这个大家眼里的呆瓜愣头青居然出现在王晓彤的"嫌疑人"名单，不仅是军驼队全体听得一惊，就连李白队长都听得吓了一跳。

李白队长来队多次，从他第一次来队起，就认识了"邻居小兵"巴尔虎，那时候巴尔虎还没当上兵，还跟在军驼队的屁股后面模仿训练。李白队长很欣赏热爱部队的小伙子，正直善良又热心肠，李白就专门挑了课余时间，教巴尔虎为骆驼诊脉的初级方法。李白一个箭步冲在王晓彤面前蹲下来，跟王晓彤保持平视。"丫头啊，证据没有之前，咱可是不能乱说啊。别冤枉了好人，快，把刚才那话收回来。"王晓彤眼睛红肿着盯着李白，面无表情地喃喃："队长你不信我是不，你觉得我说谎了是不？"李白瞟了一眼秦恩东，眼神交汇之处，互相都读出了无奈。李白还是哄着王晓彤，把她劝回宿舍，答应她一定找出"真凶"，王晓彤才抹了眼泪，回宿舍反锁了门。

连庞林拽一下她的胳膊都会引起她的不适，当真有人暗中偷窥她裸露着身体洗澡，王晓彤无论如何都不能接受。她坚硬地告诉李白，什么事情她都可以好说，唯独找人这一件她绝不妥协，她必须找到"真凶"，得到一个真诚的道歉，李白连声答应。但"巴尔虎"这个名字，他希望王晓彤慎重，在他的眼里，巴尔虎还未谙男女之事，从医学生理角度说，巴尔虎的"嫌

疑人"几率极低。可王晓彤又哭了，她一边用医学上的反证法推翻着李白的推测，一边发誓她也非口不择言之人。李白看了眼门外被巴特紧急集合起来的全队官兵，干脆坐下来。这不是他出现在外面的时候，他干脆就更细致地听听王晓彤的委屈。递给王晓彤一块毛巾，李白在她对面的椅子上坐下来。

巴特果然还是未能按捺得住自己的情绪，尽管秦恩东在一边反复提醒他"先调查再说，先调查再说"，可他觉得如果不立马搞清楚事情原委，他坐立难安。这种已经足够丢人的事情，他处理得快一秒钟，就能早一秒钟还军驼队一个清白，他不敢说绝不会发生，但至少他不信军驼队的战士有此恶习，更不信发生在巴尔虎身上。锅炉房热气升腾，王晓彤靠着影子和轮廓判断，跟他的冲动别无二致。他甚至开始怀疑王晓彤所言虚实。但身份毕竟是连长，秦恩东的话他还是听了一小半入心：调查不清楚，主官没法有鲜明立场。军驼队全体官兵的情绪刚从执行任务的紧张中释放出来，轻松愉悦就又被严肃压抑取代。他一声紧急集合的哨音，把全连拉动在院子里。

有六个战士好吃胜于好睡，相约去吃羊杂碎。杂碎店老板本来早就关了门，这么大的雪没人会为一口日常吃食奔波，况且自家还指着剩余的食材过冬。但一听说军驼队回来，杂碎店老板干脆约摸着时间点等在嘎查口，看见战士们，热情地喊他们去自己家吃杂碎：今天凯旋，杂碎保证管够。嚼酪丹子和茶食子嚼得腮帮子酸痛的战士，身体里欠的就是那一口热杂碎，顾不及梳洗，几个肠子冰凉的就约着出门去了。因此除了早就坐在杂碎店老板家的几个人，站在院子里的，都是围在营区之内的"共同嫌疑犯"，虽然王晓彤提了一嘴巴尔虎的名字，但是真相到来之前，大家头顶的犯罪几率都是一样重。巴特告诫大家，别因为战友"榜上有名"，就以为自己逃过一劫。

"这是咱们队的一条黑笔道子，谁画的现在还不知道，但很快就知道了。不管是谁画的，所有人都得给我参与进来，这条黑笔道子，都给我用劲往掉擦！"巴特的话没能表达自己十分之一的愤怒，涨得黑红的脖子早就出卖了他焦躁不安的心绪。他让所有人以一行横排拉开，不许有人躲在后面，就算把营区站满了也得肩并肩站好军姿。战士站在原地，巴特站在战士对面，鼻子与鼻子只有十厘米的距离，他盯着战士的眼睛，让战士们与他对视。从打首的第一个人开始，每人对视一分钟，没轮到的人就在雪地里等着，前面被对视过的人就等着后面的人。巴特对战士们的熟悉程度，只消瞟一眼即可，但是他此刻不敢把任何人想得跟自己一样简单，所以这一分钟的对视，他要看看他们眼球后面，还藏着什么他不曾见过的秘密。巴特每看过去一个人，就无意识地喘口长气，表情却更严肃一点，不知道是做排除法一点点轻松下去，还是找不到"真凶"一点点紧张起来。盯到一个山西籍的小伙子王超前，巴特和他的鼻头挨得

更近，两个人对视的时间也最长。王超前紧闭发白的嘴唇，仿佛和巴特比赛谁的眉头锁得更紧，越赛时间越长。最后巴特忍不住，冲着王超前喊："有什么话，给我说！""凭啥我们不能穿上军大棉再站？"巴特后跨一步，他低眼看见自己身上臃肿的军大衣，再看对面一水儿薄薄的迷彩服，心里忽觉抱歉，但他的脾性才不会在这个时候承认自己的决策欠妥，巴特下令全体穿上军大衣，再出来站着。

　　彩霞默默地进了营区。除了以前弹火不思的时候见过巴特专注的影子，她从来没见过一个人能这么醉心于眼前的工作而如入无人之境，严厉又坚决，笃定的威严使人胆战。她惊讶几分钟前还在雪地里向着自己的浪漫爱情进发，几分钟后就能沉浸在工作里旁若无人。巴特从来没跟他说过自己的工作，她也从来都没好问过他与朝夕陪伴的工作怎么相处，只知道各自热爱着自己的事业，却不知道热爱里面藏着另一个她从来不曾认识过的人。彩霞把大衣裹紧，蹲在有一处斜阳照过来的墙角，安静地看最熟悉的陌生人。彩霞好不容易鼓起勇气要说的话，在军驼的这个突发事件里被冲淡淹没了。她想要是一般的女孩子，遇上她刚才的情况，肯定会因为另一半下意识的撒手生气或者委屈，她忽然在心里暗自惊讶，自己居然能够不动声色、不带情绪地蹲在这里。是年纪让人成熟，还是距离让人麻木，她也不知道，阳光来得正巧，她正是需要被照亮的时候。彩霞看见巴特与巴尔虎对视的时候，先是巴尔虎摇头，后来巴特也摇头，后来两个人又互相摇了几遍头，巴特才走开。但是脚步刚迈出去，巴特又站回巴尔虎对面。两人之间始终是无言的，在摇头和摇头之间反复求证拉锯。巴特阳光下拉斜的影子将巴尔虎包裹，像灵魂与影子终于重叠，但重叠带来的和谐被质疑剪成碎片，企图用摇头拼贴。

庞林在营房门口，王晓彤的哭点燃他强烈的责任感，李队长带着王晓彤进了屋，他就自顾自充当起"执法"监督员，神情严肃地抱着臂，看巴特对视完所有人解散了队伍，他才返身回屋。他急于帮王晓彤查明事实，但他看见军驼队连长冲动的样子，告诫自己切不可行不稳重之事。本来王晓彤就嫌弃自己性情跳脱，这一把再不稳重，别说好感尽失，连朋友都不知可不可做了。他敲王晓彤房间的门，李白出来了。短暂开门的瞬间，他看见王晓彤头发上的冰棍化水，随着眼泪一起从脸上淌下。李白告诉庞林王晓彤怀疑巴尔虎的理由，庞林也告诉李白院子里的景况，两人面面相觑。的确，虽然巴尔虎放在"嫌疑人"的位置上极不相符，但除了巴尔虎，好像真的再无人可有疑。庞林眼珠向上转了两转，着急地用手抓了一把李白的胳膊。

"唉，队长，我刚在外面站着看他们审的也没个结果，脑子里闪了个法子，想给您说说，您……您别骂我啊。""冷静冷静小庞，咱们虽是上面派来的，但这个事儿严重，冤枉了人

偷
窥

就不对了。"

"给晓彤一个答复是正经事啊，总不能看着咱们的人一直就受着委屈哭鼻子吧。""唉，我看晓彤也挺可怜，但是事情到这了，进行不下去了，这可难闹了。"

"队长，我看这样吧，我当回恶人，把巴尔虎告发了吧，除了他，我看今天巴特搞那一通，真也找不出个人了。""那咋行！"

原来王晓彤怀疑巴尔虎，是因为今天中午除了房间里睡着的和出去吃羊杂碎的，只有巴尔虎从家回来后一直忙忙碌碌在院子里转，一会儿在驼棚里拾掇，一会儿在院子里扫雪，一刻都没停，要说能看见王晓彤拿着洗漱物什进锅炉房的，除了他没别人。再说王晓彤自来队里，跟每个战士都打过照面，唯独巴尔虎见了她只问个好就跑开，就连在蒙古国感冒配药，巴尔虎都让战友帮忙取药，王晓彤一直想看这个不爱说话的士官到底为啥不敢跟她说话，但从来也没有机会。王晓彤依照在校期间学的心理课程推断，越是躲避某个人的人，无论正向情感还是负向情感，真实心理其实越是对他逃避的人充满了巨大的兴趣，逃避得多，猎奇欲望得不到满足，就会引向暗视和偷窥的行为。王晓彤没有任何根据巴尔虎会对她产生想法，但是这个逻辑套用在他俩身上却刚好合适，人不可貌相，亦不可估量。加上巴尔虎有一双大眼睛，王晓彤从虚掩的锅炉房门的缝隙，明明看见了一双铜铃一样大的眼睛，王晓彤觉得首先得是这个人本身眼睛大，其次缝隙太细会造成视觉上的对比显得眼睛大，最主要的是因为因为见到了见所未见兴奋地瞳孔放大，所以这个眼睛要比人平常的大眼睛更大。她见过军驼队所有的眼睛，有很多人眼睛里拥着杂质所以把眼睛挤小了，但是巴尔虎正因为想法藏掖不住，都从眼睛里流出来了，所以给眼睛腾挪了位置，一双眼很是大。

"就凭这些，指认他还不够？""不行不行，没这么个了事儿法。没有第三个目击证人。"

"那……那我来当吧。"

巴特本无意听到走廊里的这段对话，全队集合他一无所获，烦躁中去包库翻找锁在箱子里的烟。恰好军医们的临时宿舍就在包库对面，巴特只能躲在包库里等二人说完话离开。听罢他们的对话胸中更烦闷，巴特索性多拿了一包烟，躲进驼棚去了。要想尽快破案，必须另想他法了。巴特窝在黯淡的光影里盘腿坐下，倚着孟和抽烟。他戒烟三年了，那年戒烟还是信誓旦旦地准备生孩子的壮举，最后生孩子的计划因为长期分居两地实在无法完成，这个好的习惯却被巴特一直保留下来。但今天，不抽烟好像脑子就在空转。巴特两肘撑在两膝，头低低地埋下去，鼻尖都快触到双脚，他左横一下头，右横一下头，仿佛满眼熟悉的驼蹄能带来些许灵感。巴特挨个儿数过去，大

蹄子们在地上左右挪动。数到一只蹄子，巴特的眼睛转回来。朦胧中一双眼睛在两只强壮的蹄子中间，湿漉漉地朝他看，巴特眨眨眼，想把焦虑带来的幻觉赶走。但那眼睛居然动了，朝他移动过来。他分辨不清是哪峰骆驼的眼睛藏在哪峰骆驼的两蹄之间，这眼睛比平常人的大些，又比成年骆驼的小些，巴特跪起来往前趴，想一探究竟。眼睛看见人的动静，撒丫子准备逃走，被巴特一把拽住。巴特一拽一拉，竟然拉出来一峰小骆驼。反复摸了小骆驼几遍，巴特盘算小骆驼的来处，咋想都想不出有哪峰大的怀孕生产，单就军驼队骆驼的这一点，巴特比任何人都拿捏的清楚。他干脆捧起小骆驼的脸，使劲盯着它的眼睛，逐渐与王晓彤眼中的铜铃靠拢。这时候，巴尔虎拎着铝壶进了驼棚。巴尔虎承受着前所未有的舆论压力，唯一能使他短暂逃开现实生活的只有驼棚的骆驼们，他心念着刚藏好的小骆驼，生怕他饥饿叫唤，队伍解散见无人在院子里，就拎着水壶来看小骆驼。见驼棚情景，巴尔虎只好默默地走到巴特身边——他以为把它藏得足够好，短时间内不会有人发现。巴特见巴尔虎拎着铝壶、拿着自己的军用搪瓷缸，巴特放开停在小骆驼脸上的手，拧开水壶。

"咋回事，咋还装的奶？""嗯……连长，我自己，偷养的。"

"啥时候的事儿？""刚刚。"

"刚刚？""咱们归队以后领回来的。"

"谁的？不，谁给你的？""塔娜姐。"

"那你为啥不报告？""你和指导员都不在，而且……咱们没编了，我怕……"

"怕你养不了？你给我说说，是不是没他就没今天这档子事儿了？""啊？"

巴特盘问巴尔虎藏小骆驼的初始位置，巴尔虎发现，小骆驼从他预先设好的草垛后面的绝佳位置走开了，再摸一把，蹄子上还沾上了雪水。小骆驼要一直在驼棚里，万没有可能蹄底沾水。巴尔虎睁大眼睛看巴特，似乎都明白了什么。

"真的不是你？"巴尔虎坚决地摇头，但不说话。

巴特给小骆驼喂了一缸奶，牵着小骆驼的耳朵到院子中间。又一声哨音，他把全队集合在院子里。军驼队在院子里站定，大家看着眼前这峰慌乱的小骆驼，有着各种猜测。巴特亲自敲响王晓彤的房门请她出来。王晓彤以为事情有了着落，裹紧大衣红肿着眼睛站在队伍旁边，她倒要看看，这么短时间，巴大连长哪来这么强的功力。彩霞冻得四肢和脑壳都麻木，跟丈夫忘了她一样忘了自己，看着丈夫接下来又一番激动猛烈地陈词。

王晓彤上前盯着小骆驼的眼睛看了半天，再看向巴尔虎，她脸红了，刚才的自己到底是个什么样子呢？最终以巴尔虎牵着骆驼向王晓彤鞠躬道歉为结，巴特罚巴尔虎写检查在全队人

面前做违规私藏的检讨，并且指定他打下一次任务的头阵。王晓彤的面子上也没算得挂不住，毕竟"真凶"是巴尔虎的骆驼。一场轰轰烈烈的闹剧开始得突然，也就这么突然地结束了。

"偷窥"事件终于告一段落，巴特活动了一下脖子，准备回宿舍。后脑勺忽听见一阵咳嗽，巴特回身才发现妻子在角落。他跳出工作的脑子，在脑海里快速搜寻，而对妻子的印象只停留在去往沙山时的片段，再后来他像做梦一样都没有记忆了。他忘了自己冷落妻子多久，机械地走近彩霞，他羞赧地低下头，只伸出手拉彩霞站起。彩霞蹲得时间太久脑供血不足，加之身体早已冻僵，将站未站之时，身体一倾晕倒在地。巴特急着把彩霞背回宿舍，秦恩东忙叫军医们来看。庞林想为王晓彤出头失败，见王晓彤此刻带着湿发又挣扎着要去看彩霞，一把摁住王晓彤的肩膀，把自己置于英雄救美的境地，"你别去了，我来就行。"王晓彤躲开庞林的手，"都是女的方便点。"擤了把鼻涕就走了。仅一天的时间，王晓彤从羡慕彩霞到心疼彩霞，她把男人们从房间里轰出去，自己陪着昏迷的彩霞。

黑　色

　　巴特被赶出来，就到队部坐着。好像有谁知道他终于得闲，队部的电话又响起来，正好是找他的。有一个中外联合摄影团队来中国内蒙古阿拉善盟拍纪录片，大雪前最后一波设备其实已运输到位，但是这些日子雪太大，摄制组就一直暂住在额济纳旗未能开工。现在雪停了，他们要开始动工，向内蒙古军分区请借军驼队的骆驼一用。团长收到军分区的通知，就给军驼队拨了电话。

　　"团长，能不能不用咱的？"巴特刚刚因为成功执行任务而平静的心又蠢蠢欲动着一股火气。他不能跟团长置什么气。但短短几句话，他感觉军驼队仿佛又被拉到生死的边缘。他感觉像被挂起来了，身处某件事物的边缘，可就连这点边缘都在短暂拥有后立即与他无关。他尽量让自己平和，抓紧时间搜寻拒绝的理由。

　　"咱们队已经多年没有新骆驼了，都是老驼了。拍出来不好看吧团长？""那有啥的，也不用咱发挥多大作用，上面说

下来了咱就得服从，况且把咱拍进纪录片不也光荣？我把你们电话给导演了啊。"

"军训部同意了？""同意了啊，人家导演组说不用咱演剧情，就在沙子上、公路上走走。还答应你们付一万块钱酬劳，对你们也是好事哇。"

巴特终于忍不住，团长还没挂电话，他已经挂断了。这些要拍纪录片的人居然把军驼当成娱乐的工具，军驼队生来为打仗，再说的难听点，即便为了执行些任务搬驮东西，都不是用来赚钱的摆设。军驼的边缘化使得经费捉襟见肘，但是巴特宁愿自己套上鞍子去演戏，都不想让军驼去。可怜的尊严在他狭小的宇宙爆发着，最终外化成踹门的一声巨响，他冲进驼棚，看着悠然反刍的骆驼，真想抱住它们痛哭一场。为什么他这么努力建起的象牙塔，只消别人一句话就能瞬间崩塌，可现在还不是允许他崩溃的时候。

那声踹门声把秦恩东引向驼棚，看着搭档在挽救军驼队的努力上患得患失，秦恩东也觉出一番时而把自己置于外部、时而又与巴特感同身受的双重痛苦。他只能反复提醒自己，时代真要往前走，是不等任何人的。军驼队有了一个巴特，不能再有第二个巴特。他走过去，把伏在饮水槽上的巴特扶起来。他建议自己带巴尔虎去执行这次任务，巴特就留在军驼队整顿鸡飞狗跳的军心，等待随时会醒过来的彩霞。失意使得巴特变矮变小，这次秦恩东的坚定让他无法回绝和反驳。他点点头，任由秦恩东安排，但他要求莲花代替孟和做头驼，孟和不能再去执行任务了，它要是人的话，现在已经是重伤了，巴特要找军医队单独帮它医治。

秦恩东联系纪录片导演，两下一番寒暄，定在明天上午全队军驼开进到牧羊海子以外20公里处的公路和沙漠交界进行拍摄。导演准备预付一半佣金，秦恩东婉言谢绝了。真让他去取这烫手的钱，他也拿不动。召全队开会说明了这次任务，就让大家回去尽早准备。巴尔虎一听说要去当演员，找在秦恩东门上请假。秦恩东一猜就知道巴尔虎为何而来。他怎么也想不通世上怎么有巴特和巴尔虎这么相像的两个人。可是巴尔虎在全队面前承诺"下次任务当先锋"，他不能就这么破戒，令行禁止这一次不遵守，队伍以后就更不好带了。巴尔虎点点头离去，答应准备好东西，明天行动。

早上九点，太阳刚睡醒爬起来，晨曦照在白皑皑的人间，牧羊海子镀上一层高光，更加发亮，若不是雪不常见，这个白雪的世界看起来很是舒适，就像牧羊海子本该如此。白雪将巴丹吉林沙漠化为一统，哪里还分得清公路与沙漠的差别。副导演是个胖子，大肚腩比蒙古族的壮汉更突出，厚重的羽绒服外面套着多袋马甲显得身形更加臃肿，正在雪地里指挥摄制组扫路。秦恩东将军驼队停在远处，带战士们到跟前帮忙。巴尔虎

黑色

见要扫雪，先没领铁锹，跑前跑后在每一个人耳边耳语几句，再回到插着自己铁锹的地方。大家按照巴尔虎的请求，特意不把黑色扫得特别明晰，留一些白雪。大肚腩看摄制组工作人员扫的黑线黑亮亮，相形之下军驼队的打扫显得敷衍又拖泥带水。大肚腩摸着肚子在原地踱步，终于还是走向秦恩东。他把秦恩东叫到一边，猫着腰从身上最大的口袋里找出一个小包，凑近秦恩东。

"兄弟，咱这经费不多你别介意，给你加了三千，拍摄就麻烦你们和骆驼了。"

"使不得导演，咱们军驼队来了，就肯定尽心尽力。"

"拿上拿上，忙完给咱们兄弟们和骆驼们加点好吃的，现在就先麻烦你们卖卖力了。行不行小兄弟？"

秦恩东才反应过来副导演的意思，想着要解释，副导演自己拿着铁锹已经一锹一锹开始铲了，"快，让咱们兄弟动起来，帮咱们把雪铲得干净点，这种拍摄效果好。"一条黑色在白的世界显露，愈来愈清晰，东西绵延近两公里。直到路边的雪快垒起一人高，大肚腩才让大家停工开拍。

巴尔虎在来的路上跟秦恩东说过，骆驼不像马，马钉了马掌，在公路上走不伤掌底。骆驼不行，骆驼身形和体重巨大，驼掌承受的压力大过马好几倍，驼掌肉又肥软，公路上走两遭没事，就怕走多。所以他一看要扫雪，就请求大家不要把雪扫得太净，给驼掌一些缓冲余地。可眼下黑线已黑得干净，巴尔虎不情愿地把军驼往黑线上赶，他们的任务就是把军驼队链成一队，从黑线的一端走到另一端，如此往复。

从太阳初升到艳阳高照，军驼队走过十八趟，终于在第十九次成功通过拍摄。起先是战士们骑在骆驼上拍，后面巴尔虎仿佛感受到骆驼脚下承受的压力带头下驼，大家牵着骆驼们走，有的骆驼的硬质肉掌已经被磨破，在漆黑的黑线上渗出一些紫色血渍。不细看这些紫红的斑驳，它们似是不存在。远望过来，只见天空从上到下被分割成蓝色，白色，黑色和驼色，色块一块比一块细一点，一块比一块颜色浓重一点，在镜头里美不胜收。大肚腩喊"咔"之后拍着手高兴地走向莲花，手还没摸上莲花的鬃毛，就被巴尔虎缰绳一拽，转头走开了。巴尔虎本非刻意躲开大肚腩，但是他心疼莲花和骆驼们的泪水，却在副导演过来的瞬间划过下巴。男儿泪怎能这么轻易让别人看见，况且即便看见了，他们城市里的人能理解吗？没准还会笑话自己。大肚腩一头雾水，扑空的手只好尴尬搔头，他对着慢慢扭动的骆驼屁股，笑着说："小兄弟，到时候我多宣传宣传咱们巴丹吉林的骆驼啊！"巴尔虎听见这话，手抹了把脸，从莲花身上跳下，几步走近大肚腩。

"我们军驼队靠打仗传名声，不用这些。"他气鼓鼓地要走，副导演却哈哈笑了。"二十一世纪都快十年了，小兄弟我

看你年龄小，想法可是老旧得很咯。"

"你们根本不懂！它们根本不是在这个马路上走的！骆驼骆驼，不在沙漠在哪！"巴尔虎越说越激动，看不见摄制组工作人员异样的眼神。秦恩东把巴尔虎揽了一把，让他带队赶紧走，自己留下来跟副导演说几句话。

"导演实在不好意思，战士太心疼骆驼了。""哎呀小领导，不是我说呀，咱们军驼队多久没打仗啦？还说打仗，我估摸着咱们就连拍摄这种小任务也稀得很呀。"

"您海涵，小孩儿，不大懂事。谢谢您的酬劳，这三千还给您，我们走了。"秦恩东压着火，耐着性子把事情处理完，去追赶走在最后的一匹军驼，他庆幸是自己带队执行了这次不得不去做的任务，就连他自己都感受到了来自外界的冷漠。象牙塔倒塌的可能性，随着与外界的相处增多，越来越大了。虽然他是军驼队心理准备做得最好的那一个，依然在威胁切近时觉得心慌。

回到队里，秦恩东听说彩霞醒了，估摸巴特正忙着，便安排巴尔虎进驼棚给骆驼检查身体。意料之外、倒也意料之中的是，巴特早就在驼棚里忙开了，他给每峰骆驼四蹄的大概位置铺上四块毛巾，骆驼们进棚的时候，他正在地上匍匐前进，全队搜罗来的军用毛巾等各色毛巾挂满在背，远看巴特像跳大绳的萨满[1]，骆驼们像与巴特心意相通，逐个走向自己的定位，四蹄踩在铺好的毛巾上，不需要任何一个战士的带领和教导，骆驼们反复擦拭蹄子。柔软的毛巾像极了它们最为熟悉又许久未触摸的沙漠的脚感，能抚慰柏油马路带来的钝痛。

从来没有哪个驼队有给骆驼蹄子铺毛巾的习惯，这跟"骆驼圆圈"一样，是巴特首创的方法。宠孩子一样宠每一峰骆驼，这感情比普通的人驼战友情来得更深更切。军驼队执行这次任务，想巴特已在心里哭了不知多少遍。军驼队不但被它在部队里的尴尬身份瓦解着，同时也被日新月异的外部世界拆解着，不是巴特带头支起的隐形防护栏可以挡住。但巴特也只能在铺毛巾的片刻暗自伤怀一番，成年人的世界怎容得顾影自怜，一边彩霞病着刚醒，一边还要担心驼队会不会有骆驼生病。

几块毛巾上蹭上血红的冰碴，真有驼掌破了。骆驼要是在这种天气得破伤风，极可能并发"三日活"，一旦一峰骆驼染上"三日活"，就会在整个驼群蔓延。"三日活"指的是血液染菌的骆驼突发疯病，疯跑疯跳、不吃不喝，疯不过三日就力尽身亡，疯病的传染极快，几天就能让驼群都疯起来。

很早以前巴丹吉林的一次沙暴灾，布日古德老人的驼行闹过一次"三日活"，七天的时间损失了驼行半数骆驼，布日古

---

1 通古斯语，原意为：智者，晓彻。后演变为萨满教巫师跳大绳人的专称，也被理解为北方民族中萨满之神的代理人和化身。

黑
色

德为着那次突如其来的驼群集体死亡，整个人阴沉得都回缩了，显出比他年龄更老的沧桑。他把自己跟剩下的病驼关在一起，外面的人只听见驼行天天有疯病驼啸叫，像热锅盖里盖着一锅蚂蚱，把驼行翻了天。直到找到解决办法，驼行才息声。布日古德以收拾狼藉为由关张半年，为死去的骆驼哀悼。其实骆驼的死不关布日古德什么事，但是在巴丹吉林沙漠，凡有骆驼死，无论什么原因，主人都觉得是自己的责任。

掌底流血的骆驼走这一路既着了寒，又着了脏，巴特请李白给每一只蹄子擦拭了碘酒，碘酒不够又拿出自己的白酒。观察半日，见每峰骆驼在自己的方寸之地悠然自得，军医和军驼队的干部战士都放了心，回营房歇息。彩霞虚弱着身体，在巴特宿舍门口穿好军大衣，一圈一圈裹着围巾，直把因病更加瘦长苍白的脖子层层围住，只露出脸上烧红的两团"高原红"。巴特想把发烧将近四十度的彩霞赶回房间，彩霞挡靠在门口，怎么也不回去。

"还病着，干啥去。""忙完了吗？"

"嗯……""那走吧，上沙坡去。"

"等几天吧。""不想等了。"

"那也病好了吧。""不去就好不了了。"

暂　停

　　彩霞兀自往门外走了，巴特只好拽件军大衣，快步跟上。命定似的，每一次沙坡之约，都在黄昏时分，只是今天的黄昏格外亮净，有了白雪返照的天，橘红色澄明一片，反倒没有沙漠映衬的那份朦胧和隐约美。沙漠把人包裹的时候，人的悄悄话和悄悄事都属于自己，沙漠一米之外都听不见和看不见，沙漠悄悄为他们保密。今天这一汪雪世界，把彩霞和巴特扔在鲜明里，说出一句话都咯噔噔地响，走一步都留下咯吱吱的印，天地没有任何含糊地挣着耳朵听。彩霞一路走一路呼哧，巴特在侧后面一手轻轻推着彩霞往前进。彩霞终于走不动了，趁势想坐进雪里，巴特一把把她的后坐力挡住。自己躬身堆雪人似的堆起一个硬实的"雪板凳"，跟沙板凳一样，都是一团稀疏松散被巴特实诚一捏，堆出个可供支撑的座位，准保坐了安全。巴特脱下军大衣给彩霞垫上，她看着他在眼前晃来晃去地忙碌，感觉自己的睫毛上染了一层茸茸的光，蹭得眼睛发痒。她憋得红肿的喉咙转动一下，想把说的话咽下去，可又咕咚着翻上来。

彩霞相信巴特的手艺，可雪还是太虚散了，一屁股坐上去，雪底还是有些虚，雪板凳向下沉了几寸。彩霞吓了一跳，面上还是平静如水，扭扭屁股，示意自己坐实了。像准备一场很久的考试，彩霞双手放在并着的膝盖上，终于能开口了。

"呼……终于等到你有时间了。你知道我为啥就想来这吗？""挺长时间没来了。"

"不是，巴特，你觉得咱们变了没？""变……没变吧。"

"你知道的，变了。"她远望着雪和天相交的尽头，蓝色和白色神奇地融成一团灰黑。"我想给你写封信就走的。但那是年轻人才做的事，咱们这么多年，见个面都不容易，什么话都得当面说了才算个话。何况，我本来也就是来找你说话的。""好，你想说啥，今天敞开了说吧。"巴特也惊异自己这么多年居然对彩霞知之甚少，现在看着她的眼睛都无法获知任何藏在话语后面的信息，他跟雪和天一样，都只能安静地听。彩霞郑重其事地从兜里掏出一张折得很小但印痕很整齐的纸。

"巴特，我还是说不出来。我能念吗？"巴特会心笑了，不是笑这张纸，是笑他终于还是能找到一些刚认识彩霞时候的蛛丝马迹。彩霞如今性情中的果敢背后还是存着一丝娇羞。"那……我念了。"

我的巴特:

你好，没给你正经地写过一封信。以前咱们笑话邮局抠门，寄封省内信都要八毛钱，还不如发八条短信说得清楚。真的写了才知道每一张信纸的分量足抵得上那点邮票钱，甚至邮局还做了慈善。

还记得咱们是怎么走到一起的吗？我觉得咱们是真正因为相互吸引而相爱的，这种最好的爱情，应该朝着最好的方向去发展，但是在开始我们就没有把它保护好，或者说我们太自信了，没把它笼成一团旺火让它越升越高，而是一人退了一步，没有拉对方一把。你在牧羊海子走不开，我也身在乌兰牧骑。靠意志坚持到前几年要孩子，那个时候我们的感情中我们彼此还是添了一把柴的。不幸的是，我亲自、我主动把它扑灭了。虽然那会儿要孩子的年龄刚刚好，我也特别想有个属于我们的孩子，但是你知道我想到了什么吗？我们是在爱里组建家庭，我们不能不负责任地给他一个无爱的家庭。他只能在我们的某一个人身边，大的几率会是我，可我们能让他在像单亲家庭的氛围中成长吗？你我都不会。

孩子的事情搁浅之后，我发现更多事情无情得可怕。等待真不难，我们之间最不怕的就是这两个字，但是如果等待是无望，那等的是什么呢？你能告诉我吗？我在不见面的日子想了很多，但却总结不出来。以后很长一段时间里，你的生活状态

不会改变，我的也不会，即便我做出改变回来陪你，你说过你受不了歉疚地生活，要不然当时就不会让我离开。而倘真回来，我不过是一个每天在军驼队目送你的人，没有任何更深的意义。那时候还能谈到爱是什么吗？当时的抉择就注定了我出去就不好再回来了，因为我们都在变了。

每次看到你的时候，我还是会觉得你很好，还是我心中的'巴特'[1]，你没有什么大错，别人眼里那些你的小忽视我是不在意的，我能自己走，我能照顾自己，这些都不重要。我知道你爱这个地方、爱骆驼，爱得太深了，比我深，可能因为你们的朝夕相处吧。这是你最优秀也最劣的点，这次逢着你忙，再次印证了我的判断。

虽然我们的爱原来也满满当当，但爱真就能在枯燥的日子里消磨完了，没有爱情的婚姻适合我们吗？心里有熟悉的彼此，生活中却渐渐成了陌生的对方，而且这一次，我看着你在工作的时候，真的。往前走，咱们依旧是这样的生活，一直这样一成不变地远着，我看不到希望，恐怕以后的心态还不如现在。但往后退，我舍不得你我的青春，不想就这样失去你。你说世上有没有一种处理问题的方式，是按下暂停键？不退不进，就这么暂停着吧。

我没有新的生活，我知道你也没有。只是想跟你说，新的

---

1 蒙语意为：英雄。此处的英雄既指巴特姓名的汉译，又指彩霞心中的英雄。

生活，你可以不开始或者随时开始，除了骆驼，可以多看看周围的人，从此我们没有限制。就把心里对彼此的感情停在现在吧。我写这些话的时候很平静，也不后悔。冒一趟大雪说清楚一段硌在心里的话，也值了。

再来一趟沙坡，算是有头有尾。我们的浪漫已撑得足够久，但不会更久。我就把感情永远的放在这了，希望你也是。

按暂停键的彩霞

彩霞记得写这短短一页纸的时候，眼泪在信纸上留下几处圆圆的凹陷，干了之后变成圆圆的凸起，可正当念出来，她没有流泪，叙述着巴特和自己的爱情与婚姻，像是没有观众的小说家低沉自语，又像是看别人故事的读书人那样轻缓冷静。她不敢看巴特，巴特也没敢往她的方向看。巴特不知道万一眼神相遇了，该强作淡定还是本我毕露。近在咫尺的两个人身体相对头相背，思绪早就一个跑在西天边，一个赶往东山角。彩霞很想看看巴特的状态，实在憋不住转过头来，巴特已近近地站在彩霞眼前。他一言不发，睫毛也没有抬起来，手绕到彩霞背后。彩霞正懵着，以为巴特想说些什么或者做些什么，他已经把她掉在背后的围巾一角扯起来重新在胸前掖好。

"是不是早就想好了？""算是吧，但是直到今天才能下了决心。"

暂停

"对不……""咱俩之间没这个话。都没错，当时也没错，是现在的时间和地点错了。"

巴特难受得大口呼吸，像刚从短跑道上下来的运动员。脸上的表情，却比听闻军驼队疑似裁撤消息时平静得多。他不知道这种到顶的难受怎么表达才好，难受有十个等级的话，他唯独没尝过十级，毫无防备的惊慌让他只能下意识地向眼前的弱女子学习从容，他表面上是镇定了，唯独不绝如缕的呼吸没法刻意掩饰。彩霞也机械地接受巴特这一点残存的温暖。巴特盯着白雪看，感觉雪粒一个个挤挨着放大，雪开始膨胀，逐渐把黑眼仁淹没。他忽然想到了这次白灾，彩霞的到来跟白灾的脚步一模一样，她是白灾，而他，是这片沙漠。

开始的时候天阴着稀稀疏疏一些小雪，并没有暴雪连绵的征兆。等到雪粒集合成雪片甚至雪串大口吞吐在沙漠上，沙漠只抿嘴承受着，他觉得能受得住。暴风雪再次毫无预兆地骤然停下，雪水化冻成冰，冰覆在沙漠上，沙子不再流动了。即便太阳出来，冰还一层层结着，结得光年的长度也穿不透，直把雪冰照得清亮通透。天光还会明暗，春天还能回来。等温度上升的时候，雪冰甚至不用再幻化成水，便可在干燥温暖的空气里自然蒸发，没有走的痕迹，更不消说来的痕迹。等太阳再次直射地面的时候，只有沙漠还在原地静躺的身体，在过路的行人看来像是什么都没有发生过，沙漠是岁月静好，是生命力顽强。只有沙漠深处永散不尽的湿和寒记住暴风雪如何来了又走，他如何面对与得到同样突然的失去。但沙漠不会说话，因此在漫长古老的生命里，学会始终保持如一，以不变应对万变。

彩霞答应等身体完全好了再离开牧羊海子，巴特接过沾上雪粒的军大衣，没有扑打就穿上了。快要进山的斜阳把他们距离几米的身体斜斜地触碰在一起，最后一次相连，是影子之间的触摸。

巴特回军驼队，让自己看起来尽量像出去散了个步那样简单轻松，安排彩霞继续住在自己宿舍，找了一床铺盖，卷包着扔在不满员的战士宿舍，也不管背后多少只眼睛愣怔，抛下一句"你们嫂子病了，得休息"就往驼棚走去，因为别的地方，他实在不知还有哪里能暂时让他躲一躲。他忽觉想念老喇嘛，他要是在，昭华庙还是他能去静心的地方，不知道老喇嘛执拗地往前走，多久能走到，但同是执念深重之人，太能理解求而不得的痛苦，因此再难都要去试试。眼下，只有驼棚收留得他。

骆驼的眼睛经常半闭，人能看到的就是骆驼深凹的眼窝和卷翘的粗睫毛。漫不经心的眼神似对人的喜怒哀乐漠不关心，又似早已洞察一切，只是懒得过问。巴特觉得骆驼比人聪明，可能因为它们站得高一些，看到的便多，铜铃眼睛从人的虹膜穿到后脑勺地看，见到巴特，反刍都纷纷停下，仿佛显得尊重些。小骆驼刚从母驼莲花的胯下钻出来，往东南角上巴尔虎给

铺好的草垫上爬。巴特越过高大的毛发丛林，走向小骆驼的草垫，坐下来。

"巴噶特么[1]哟，能熬住这个冬天，以后就都好熬了。"小骆驼闭着眼睛往巴特怀里钻，巴特欣慰自己能与任何陌生的骆驼很快就走近，婆娑着小骆驼脑袋顶的毛发。驼棚安静一片，大家肃立着消解巴特吐露在空气里的忧伤，每峰驼分一点，空咀嚼着。

---

1 巴噶意为：小。特么意为：骆驼。

珍　珠

　　忽地，一只重蹄蹬在巴特的后心中央，猝不及防的击打震得巴特一阵猛咳，连怀里的小骆驼都被惊得跳起身，他定神一看是莲花。眼前的景象巴特还没怎么见过，骆驼本性温顺，加之莲花是母驼，巴特首先想到莲花母性泛滥想保护小骆驼。可不等巴特起身，又一脚蹬上来，巴特往外滚了两番才免于被踩，他瞬间想到布日古德老人的骆驼。莲花在驼棚里一蹦三丈高，它先是使劲向上跳跃，每一跳想要触着房梁似的卖力，几乎不喘息，跳到四腿砸地时骨头像断裂般脆响。又以尾巴为鞭，臀部为盾，用誓把驼棚围栏冲破的力气闯围栏，围栏被撞得吱扭作响，一次比一次松动，就在驼棚中部围栏即将散架的时候，莲花换了动作，它四处扬蹄，分不清方向，靠蛮力驱散周围的同伴，暴躁地为自己的奔突开路。

　　完了。

　　莲花得了"三日活"了，疯病已经开始发作了。

　　巴特在地上低姿匍匐，绕过莲花发疯的地方，迅速迂回到驼棚门口，他合上驼棚门栓，保证莲花不会奔跳跑颠到驼棚之外。巴特想不到他逼自己和驼队战士天天训练的匍匐，竟在这时候派上了用场。也罢，虽不是战场，但与莲花的战争就在这匍匐中打响了，他终于不需要假想敌，有了真正的敌人。可真要跑出军驼队，照着牧羊海子的四野茫茫，无论莲花朝着哪个方向疯跑，都能无限延伸，没有哪一堵南墙能把她挡回来。所以在沙漠上的骆驼得了疯病，要么就在蹄所未及的陌生之地累死渴死，要么就在封闭的空间精疲力竭等待主人收一具完好的尸体。

哪一种死法都残忍，不仅对骆驼，更对继续活着的主人。让驼远远跑开意味着生死就此诀别，可守着骆驼又必须参与死亡的全过程。尽管所有生物的死亡经验都来自于他者，这种未可知的间接死亡经验却不能让人淡定以对，反而因为切近地触摸了死亡而可怖。巴特既上了门栓，便早就下了决心把军驼队的所有可通行大门上锁。驼棚一角被莲花撞破之前，巴特已吹哨召集战士锁门，突破第一条封锁的莲花跑遍营区每个角落，为飙突的肾上腺素寻找更大的出口。往常里能跟莲花勾肩搭背的骆驼兵，此时连跟前都近不得。追骆驼不像追一头羊那样简单，想合力把她押下来移送仓库隔离疯病，大家只好让眼睛跟紧莲花，寻找合适的时机。而人类丰富的想象力在突发事件面前往往显得幼稚而狭窄，大家万没有想到，门锁已经拴不住狂躁的骆驼了。

地面已没有出逃路线可供莲花突破，莲花突然离开大家的平行视线，选择纵向逃跑。只见她一个蹦跳，前蹄搭上营区北面、驼棚旁边的院墙，由于体重巨大，她没能跳出去，上半身挂在墙头，下半身还在地上疯狂向下蹬踢，企图以反力支撑更高、更有力的蹦跳。战士们涌上去，等待莲花疲惫间歇把她拉下墙头，可她根本没有停下的意思，在几次连续小跳后，一个大跳，莲花又有小半个身体上了墙头，上半身已经完全探到墙外，可能是乳房在墙面的大力摩擦所致，莲花痛苦地嚎叫着，身体努力地向墙外移动重心。但是这种外移对乳房又是更深的压迫、更钝的摩擦，莲花放开嗓子嚎了几声，直嚎得驼棚的木结构伴随震动。在最后一颗乳头领受完水泥和砖瓦的挤压，莲花后蹄在空中蹬了几下，整个身体栽倒在墙外。骆驼兵们纷纷攀墙头跳出去，莲花早已裹着满身雪，在雪地里拼命向西跑去。战士们回头看了眼巴特，巴特摇摇头，战士们便没有往前追。莲花此刻在自由的空间里张牙舞爪，但凡谁和她接触，不是被踢伤就是踩伤，不说得战斗减员，就算是大家把莲花围拢，也没法把她再引导进营区了。骆驼在一米多的深雪里跑，要比平常在沙漠里跑多费三倍体力，与其人驼费力较量，不如等莲花跑到力尽再去追。她不会跑得太远，雪地里能留下奔跑印迹，找起来就比一般气候环境下疯跑的骆驼容易一些。眼下重要的

已经不是想怎么与莲花周旋，驼棚剩下的骆驼才最令人忧心。"三日活"不像骆驼常患的传染病，需要共饮一槽水、共食一垛草造成病毒传播，"三日活"只需要骆驼之间有气息的交流，病菌就会乘坐每一口呼吸的气流进入到其他骆驼的鼻腔，进而在全身扩散。因此，"三日活"在骆驼中的传染率极大，一旦有一峰骆驼得了病，若没有及时隔离，面临的就是整个驼群的发疯。巴特和大家从墙头上跳回院子，赶紧打开驼棚大门查看骆驼。刚一开门，小骆驼就冲进巴特怀里，巴特以为是莲花刚才的举动吓着了小骆驼，伸手去抚摸，但是小骆驼撞上巴特的腹部，一直把巴特顶在驼棚栅栏上还往前努劲，巴尔虎领几个战士冲过来把小骆驼搬开，他跟巴特对视——小骆驼也染上疯驼病了。

这次不能再让骆驼跑出营区了。只在巴特跟彩霞出去散步的功夫，"三日活"病毒就开始在骆驼之间传播了，碘伏和酒精终于还是控制不住病毒。小骆驼身体太弱免疫力低，最先显露出疯病症状，其他骆驼情绪有点波动，但还没有开始发疯，骆驼兵们还有一点时间。巴特让战士们锁紧驼棚门，把小骆驼移到仓库隔离，立即修复被莲花撞开的窟窿，他和秦恩东跑进会议室商量办法。

万一再有疯驼出现，军驼队唯一的办法就是把骆驼们都关在营区里。这样，一来传染不到牧羊海子上别的骆驼，二来边防团也不会太快知道消息，团里知道消息，对军驼队的裁撤决定无疑雪上加霜。但是纸要想包住火，必须在燃烧之前先把火扑灭。这把火到底怎么灭，军驼队没有经验，只有军医给出的办法可以一试。这个办法还是李白从他额布格[1]那里学来的，李白的额布格是蒙医，当时布日古德驼行躁动消停全靠他的一剂药方。

三十多年前额布格还康健的时候，李白就走上与额布格完全不同的诊治道路，学了西医。学医之初，本意是学习先进的医术，尽可能少看到生活中眼巴巴望着他的无助眼睛。从年轻时代起的刻苦努力，的确使他在牧民和各个边防部队小有名气，李白经常代表军分区到全军各地的医院进修学习先进新知，西医横一刀竖一刀切断疾病的发展，简单又快速。有段时间，李白为自己选择学习西医暗喜。但当额布格知道他是拿着手术刀在人身上比划后，气得直到离世都不肯见李白一面——额布格一直觉得，动了刀子，人的生命体就不完整了，给人动刀子就是害人性命。他一辈子从事的蒙医是不同的，他从来没动过人的筋骨肉。蒙医将人的血脉和五脏六腑的各个细小部分与人整体的关系研究得十分透彻，不把人看成局部相加为整体的简单个体，而是找寻人整体与局部、局部与局部之间相互依存、相互制约的微妙联系，力求在正常生理下的人，达到各方面相互

1 额布格意为：爷爷。

珍

珠

协调的平衡运动。蒙医上界定人病了，是受到时间、空间、自身内部共同的变化作用而紊乱或者正常联系被切断，蒙医就要把人内部系统结构稳定性失调的原因和调整方法找出来，在内因外因的共同矫正作用下，再次达成人自身的协调和人与环境的统一。蒙医凝结的是蒙古族整个民族的经验和智慧，它古老得与蒙古族的历史一样久远，又与骆驼身上的毛发一样繁杂。

只是，它也跟军驼队一样，在存亡的边缘挣扎。成天与兽医打交道，在骆驼的"三日活"这个病上李白也做了将近十五年的文章，但是不管他请教过多少权威专家，他们都只能摇头耸肩。在"三日活"这种极端病例下，他不得不相信额布格那句话，"人是要保留一些古老的，虽然新的东西又好又容易，但是越容易就越危险，一定有什么是古老的东西才能救的。"在额布格走的几年后，他终于还是亲自把蒙医方子用在布日古德老人的骆驼身上。如今，军驼队又生发集体性"三日活"，他必须再次这样做了。

"三日活"的蒙医药方是将第一个患上疯病、无法存活的骆驼的五脏取出焙干，碾碎成粉末，以其血液掺白酒，搅拌粉末成稀糊状，让其后得病的骆驼饮服，便可平息整个驼群的疯乱。莲花的体力现在想来应是气血耗尽，死亡就在旦夕之间。她的死将是必然又无可奈何的，连最爱惜她的全体骆驼兵想难过都无从悲伤，不是因为她可预见的死亡。在军驼队，骆驼受难要比骆驼兵受难更让人难受。只是眼下，如果莲花不死，全体军驼队就会游走在濒死的边缘。死亡与死亡之间，他们只能择其一。莲花是军驼队的老驼，巴特来队时莲花就在军驼队了，她前后为军驼队生产了五峰小驼，均被纳入编制，是军驼队的功臣。巴特在会议室满地乱转，他还在想有什么办法能救莲花一命，但是时间每过去一秒，其他骆驼爆发的可能性就增加一点，秦恩东拉起巴特的迷彩袖管就往外走。"有啥好犹豫的了我就不明白了，赶紧喊人一起追莲花去啊。"

巴特一边往外跑，一边感觉心脏向后拉扯，仿佛决定奔跑的瞬间，心脏就与人分离开来。他跑得飞快，甚至感觉不到心跳加速带来的喘息，在营区门口碰上黛青塔娜，也压根没看见，目不斜视一阵风似的往西跑。他也不知道自己是灵魂在跑还是肉体在跑，这一天过得复杂到分不清是在现实里做梦还是在梦境里仿真。

军驼队一半战士随巴特之后，沿着莲花的蹄印奔跑，扬起的雪尘和着声声呼喊将这群人变得沉甸甸，已经沉了西山的太阳被从东而来的乌泱泱的沉重撬回地面上，重新将灰暗照亮一番。夕阳是一盏探照灯，帮军驼队寻找莲花的足迹。

玫红的棉袄出现在被夕阳染得姜黄色的白雪地里。黛青塔娜本来是以找巴尔虎有事的名义来探望小骆驼，也顺便，看一眼巴特。明天阿布要去左旗探望亲戚，塔娜也决定跟着阿布去，

之后就不再回牧羊海子,通车后直接坐上开往呼和浩特的火车。因此今天算是跟小骆驼和巴特的告别,下次见面小骆驼就是成年骆驼了,巴特也不知道还在不在牧羊海子当连长了。塔娜是怀着伤感的心走向军驼队的,当她被蜂拥跑出营院的骆驼兵裹挟后,她怔在原地,她跑到仓库跟前,透过仓库窗户看见里面四处乱撞的小骆驼,她的脚步不由自主地往西迈开,越迈步子越急,直到奔跑起来。她努力辨认脚下的方向,地上踩出几十个深坑的雪告诉她,自己也正追赶着军驼队,或者说,正追赶着莲花。

虽然个头矮,但塔娜有小马驹一样健美的肌肉和健壮的体型,奔跑起来肌肉充血,塔娜感觉大棉裤和玫红棉袄都在身上变得紧绷。顾不得想那些,她边跑边厘清自己的头绪。小骆驼一定是被莲花的母性感召,含了莲花的乳头,才在莲花发疯后最先在驼群里发起病来,要怪只能怪自己在小骆驼还需要额吉的时候就把它送到陌生的地方,是自己的私心害了小骆驼,她的羞耻心涌上脸庞,在落日余晖的映衬下,结实圆润的脸蛋红得跟身上的棉袄色相媲美。既然欠了小骆驼一个额吉,塔娜觉得得还给小骆驼,把莲花还给它应最是合小骆驼心意。她恍然明白自己脚步飞快的原因。军驼队赶着去给莲花收尸,她得去救莲花。

在呼市学刺青的这两年,有一次老板带着他们去蒙古国进修，那段时间一个老刺青师教过塔娜一句类似符咒的蒙语，他给很多蒙古族牧民刺过这道符，起先符咒刺在主人身上为了在慌乱时刻提醒主人字句，符咒专门用在患了疯病的家畜身上，只要大声对着家畜喊半个小时，家畜的疯癫就会慢慢止息，虽不能治病，治病是医生专长，主人无需擅长，主人们只是需要记住符咒内容以备不时之需。后来符咒渐渐演变成牧民对五畜纳祥的美好期许，成为蒙古国青年的文身时尚。塔娜没有刺过符咒，但是因为牧羊海子上骆驼多于牧民，她当时就默默记下来。直到这个时候，符咒自然涌上眼帘。暂时安静下来是患"三日活"家畜的生死要义，只要莲花还有活着的可能，她就得为小骆驼的"新任"额吉试一试。塔娜从军驼队出来前，曾在仓库门口给小骆驼念了几分钟符咒，发现小骆驼停下骚动的脚步软塌塌地卧在仓库一角，确定符咒有用，她便奔向夕阳照过来的地方。

终于看见一队人扬起的雪尘，前面传来"停下——停下——"的喊叫声，塔娜估摸着人们已经看见莲花的背影，加紧两步，自己也边跑边喊，只不过她喊的是那句符咒。她不知道莲花是否能听见，但万一莲花听得见，她每喊一句便一句有效。终于赶上停下来的骆驼兵，他们已分不清自己身处何地，塔娜顺着他们手指的方向看过去，莲花没有再往西跑，而是蹦跳着左右奔突，向北跑几百米折返向南，跑一阵儿再返身，她

珍
珠

累得人能感觉到她身上的毛发都成为此刻沉重的压力。大家都惊异莲花为什么忽然改变路线，塔娜管不了那么多，站在人群中一遍遍喊着符咒，莲花起先没有任何反应，毛耳朵像是自动过滤般仍固执地乱跳。塔娜小心翼翼地尽可能靠近莲花，她怕莲花是听得不真切而没有反应，她更大声地喊，喊地方圆几里都听得见。几百遍之后，太阳终于熬不住，下去了。夜幕把自己拉在天上，一会儿的工夫就把原先橙红的天蒙上漆黑的布。塔娜的嗓子喊哑了，符咒在空气中的声音也变了调，骆驼兵都为塔娜的声音动容，巴特走到塔娜跟前，对她摇摇头，示意放弃。不知谁喊了一声"快看！"莲花的背影忽然停住了，它转身面向大家。

莲花不疯了。大家都认为塔娜的呼唤终于奏效，塔娜激动得抹着眼泪跑到莲花面前，想摸摸莲花的眼睛，同性之间，尽管不同物种，她相信彼此可以懂得。莲花眼睛湿了，泪水淌在塔娜手背上。塔娜想帮她拭去泪水的时候，莲花躲开了，她向人群深深低头，又向塔娜鞠了一躬，塔娜读懂她眼里的愧疚，抱住莲花的脖子，一直念叨"没关系，没关系，过去了。"大家想转身带领莲花往回走，一切都按照最好的结果轻轻慢慢地进行着。莲花忽然脱了缰似的，又调转身，她这次不朝左跑，不向右跳，迈开最大的步伐向西冲，巨大的惯性把塔娜甩进雪地。塔娜顺势骨碌起身，跑向莲花。她吐掉满嘴雪水，接续喊符咒，她多想离莲花更近一点，但是黑夜里她辨不清莲花的具体位置，只能使劲向前跑追赶莲花，用耳朵仔细分析莲花喘息声的来处。

一声驼啸，一声人嚎。

巴特一行人小心侧着身滚下陡峭的雪崖后，夜本来黑得不见塔娜和莲花，但是血顺着雪洇到巴特脚前，这强烈的颜色对比即使暗夜也挡不住这份鲜明。巴特向前摸了两把，摸到莲花的毛发，战士们围拢过来。

呜咽的声音四起，接着巴特的一声抽泣，带起一片哭声，这哭声是男人们的哭声，低沉如滚滚闷雷。在被大雪压抑着的荒凉沙漠，他们的眼泪滴在地上，又升起来，泪光变成繁密的星星，晶莹地、清冷地闪烁着。塔娜的名字被阿布起为"珍珠"，这颗珍珠也随着密密的眼泪升上天空，珍珠变成最大、最亮的北极星。血不再往雪的方向延伸，它向下穿透，直到摸到沙漠的心脏，与沙漠的血脉融在一起。塔娜被压在莲花身下，这一次，她算是真的抱住莲花了。莲花力尽飞跃的那一刻，塔娜也飞跃了，无论是谁有意或谁无意赴死，都已落得结局，人人都想回避眼前的景象，将时间拨回到几分钟以前。但每个人又必须睁大眼睛，看这活生生的事实。

黑了黑了天黑了

珍珠

雪（血）水流下冰冻了

腔子的难过摞成山了

驼呀珍珠呀走远了

心里的话永辈辈咽在肚里了

哎呀呀　活割了心上的肉了。

周围的空气重得人喘不过气，巴特一嗓子唱出来，情绪倾泻淌下，把空气压得更湿更冷，雪变黑了。巴丹吉林沙漠上空只有他这一首曲子，想必塔娜和莲花没走远的魂灵，还飘荡着，等听完这首曲子再走。

曲子像一壶酒，把巴丹吉林沙漠的天、地、空气都灌醉。巴特也想直接醉过去，把这一场梦做完，再醒。

西边还黑着，东方已经泛着青灰色。长长的夜快过完，军驼队的战士你捧着莲花的心，他捧着莲花的胃，他捧着莲花的肝，还有个他，捧着僵硬的玫红色往东，往军驼队，往日出的地方走回去。天就快亮了，驼棚里的骆驼，它们想不想莲花；小骆驼，想不想莲花。

一勺酱色药糊送进小骆驼嘴里，它咀嚼两口，吐在地上。这是它陌生的味道，这味道血腥中带着苦涩，小骆驼还没有吃过口味如此复杂的食物。余味还停在嘴里，它又吧咂几下，把地上的药糊重新舔起来送进嘴里——小骆驼咀嚼出了莲花的味道，这药糊虽然腥苦，但是却隐现莲花乳头的香味，为了这口熟悉的味道，它愿意连苦一起吃了。骆驼嗅觉灵敏，别的骆驼早就闻见朝夕相处的味道，疯与没疯的都在药糊递过来的时候老老实实吃尽。

骆驼会哭，他们的习惯是集体恸哭，不知是哪一峰骆驼带起头，骆驼们把莲花在驼棚的老位置空出来，集体面朝这个空荡的地方恸哭起来。一阵一阵的哭声像草原上被风吹动的草海，海洋起浪，一浪拍打着一浪，哗哗作响，骆驼们因着莲花脱离了疯的痛苦，它们引颈，泪水倒流回咽喉。终于使它们感知到，受它们尊重的同伴的灵魂，还在长生天飘荡，久久不肯离去。许久没有禽类在天上飞行，沙喜鹊扑落落盘旋在军驼队冰凉的上空，泣出几声脆啼，像飞翔的莲花，悲伤地吐露不舍。

驼棚很快就停止摇撼，回归往日的悠闲与平静，尽管草料不能随时供给，但不到一天时间内被平息的"三日活"过去了，消息没有传进额济纳旗的边防团团部，驼队暂时就有平安的日子了。往后能不能安生，不是骆驼兵和骆驼能够决定，他们共同等待，等待这支姓"军"的部队继续在牧羊海子挂军字符，还是分散在沙漠各处，成为一名"转业"军驼。

阿努亨进军驼队营院的时候，泪水早就把这个一贯热情的中年男人浇垮，上一次这样痛哭，是妻子去世的时候。

他一个铁打的蒙古汉子，在生命中遭逢的每一场灾难和困

境中，因为还有女儿这把燃烧的火苗，无数次让他重拾生活的热情。因为有女儿，他原谅病魔把妻子带走；他把和阿木尔长久的隔阂在内心找衡；他与艰难的生活握手言和。可现在，能温暖他的最后一点热，在这个白灾的寒冬离他而去，他才真觉眼泪是人最常用但也最没用的武器，它抵挡不了任何厄运，也消解不了任何苦难，只是展示软弱的一面镜子，而这面镜子，在白雪的映照下亮得刺眼。他把女儿从巴特手上接过来，把塔娜冰冷的脸贴在自己冰冷的嘴唇上吻了又吻，他感觉到塔娜在说话，他就静静地坐着，贴近女儿听着。再直起身来，阿努亨让一旁站着的巴尔虎把小骆驼牵过来。

"巴尔虎，小骆驼是你牵过来的吧？""大叔，是我。"

"塔娜是不是留下啥了？"巴尔虎咬紧下唇，他不能说，巴特这个时候再不能承受更多了。但是阿努亨大叔从下巴滴在胸前的一团泪，却让他没法不满足作为父亲想要了解女儿的最后一点心愿。"大叔，这个。"巴尔虎蹲下，拿起小骆驼的左前蹄，掰开腿筋弯，上面"百日太"的刺青字样清清楚楚。他不想展示另一处，他希望那一处是只有塔娜和他知晓、永远再不会说出的秘密。连长在，嫂子在，阿努亨大叔在，他的嘴如果一句话就得伤到三个人，那他宁愿永远闭上嘴。

"百日太？百日太？巴尔虎，还有，肯定还有。"父女心意相通，他太懂女儿了，巴尔虎瞒不过阿努亨。在他理解，塔娜性格憨实，冒着被发现、被拒绝的风险把小骆驼送进军驼队，不会就刺上这一个隐晦的词。见巴尔虎犹豫了，阿努亨拉过小骆驼，一手揽着塔娜，一手费力地检查。巴尔虎在这个冬天遇到了前二十多年人生从未遇见的种种难题，一次次刷新他的认知，一次次拷问他的灵魂。眼前坐在地上泪眼蒙眬的父亲，如此温暖又如此凄凉，他此时忽然希望与自己的父亲阿木尔永远就保持着遥远的距离，不必修复，不必靠近。近着就有软肋，远着就是盔甲。两代人之间或早或晚，终有隔着整个天地的时候，一人送一人，谁送谁都是难过。为了避免难过，巴尔虎宁愿舍弃走近的温暖。而阿努亨和黛青塔娜，心和心走得太近了，巴尔虎实在不忍。"叔，耳朵里，还有。"阿努亨着急地翻找，当他看见"巴特"两字，他放开小骆驼，伏在女儿身上，呜咽地哭起来。眼泪从无声变成有声，谁也不曾想到，一个男人的眼泪能把听眼泪的人的心哭碎。阿努亨悲伤的哭声背后，是更重的和解，更深的后悔。他在失去女儿的这天，终于在巴特的问题上向女儿屈服，好歹有一次，巴特见得塔娜的心意，算是无憾了。作为父亲，心疼让他一直无法接受女儿的执著。但是作为男人，他才刚理解女人柔弱的躯体里蕴藏多么有力的坚韧。短暂的父女一场，阿努亨想通了。

只要她是愿意的，他就是幸福的；只要她是幸福的，他就是愿意的。

珍珠

　　阿努亨抱起黛青塔娜，泪水再没往下巴上涌。外人看来，塔娜的死许是无意义的，许是有意义的，但是生与死何为有意义，何为无意义呢? 他只需要站在他的世界明白女儿就好。不需要军驼队的安慰，不需要送行，不需要帮助。世界以死亡的形式把女儿永远归还给他，身后之事，他自己会处理。

　　彩霞在这天早上，与巴特只有过一次眼神交汇。是阿努亨看见刺青的那一瞬间。巴特的眼神第一次这么复杂。惊讶，懊悔，愧疚，无辜，着急……彩霞想巴特也一定不知道怎么处理当时的情况了。

　　她毕竟还是名义上的妻子，她相信巴特的从前，巴特无需向她开口解释；她不再与巴特的未来有关，巴特不必向她开口解释。

　　军驼队的事务已经折磨得巴特快急白了头发，她不忍心巴特再为难。站在巴特的角度，或许不说话是最好的解释。彩霞悄悄收拾好行李，除了身上这件巴特穿旧了的军大衣，她什么都没有带。几天前她顺着自己的心意来找巴特，现在她不能让巴特再承受更多了，彼此的这点互相保护，是夫妻一场的最后尊严。

期　盼

军驼队的电话在这一天接通了，阿木尔找巴尔虎。平常连部电话找巴尔虎的，只有乌日娜。巴尔虎这次接起来，也习惯性地喊了声"额吉"，男人的声音被电话线噎了回去，巴尔虎也沉默了。电话线被长久的静拉得越来越蜷曲，电流杂音渐起，想把阿木尔和巴尔虎的尴尬淹没。阿木尔尝试了多天连通电话线，他怕再次断线，只得硬着头皮在电流中振奋声带，打破缄默，毕竟他是大人，是阿布。

"忽[1]，今天生日过呢哇[2]？""哦……嗯。"身心接连被冲击的巴尔虎早就忘了自己的生日，更何况，十四岁之后，阿布从来也没过问他的生活，不消说生日。塔娜姐的死让他些许理解为人父的不容易，但保持距离也从此是他笃定的信念。

"没事，问问你，忽，雪截住我了，回不去。""卖皮子回不来？"

---

1 蒙语意为：儿子。
2 蒙古人说汉语习惯谓语后置。

电话线里先是一丝愧疚，而后是一缕嘲讽。

"不是，来找驼鞍。""找驼鞍干啥。"

"给你定的。""我不用。"

"已经拿上了，雪通了回去。没啥事我挂了啊。""嗯，那……谢谢……"

生意场上少不了"谢谢"、"不客气"这些你来我往，但巴尔虎一句"谢谢"，让耳朵听出茧子的阿木尔激动得握着话筒颤抖，直到后面排队打电话的人把他叫醒，他才清清嗓子，把心思咽回肚子，离开公用电话。

巴尔虎刚挂上电话，队部的电话铃声又响起。他接起电话："你好，军驼队，请问你找谁？"他忽然有点希望是阿布还有话没说完，意识到自己的"可怕"想法时，听筒里陌生的声音不容他多想。

"找你们主官来，我团里的。"巴尔虎听见这严肃又不容发问来自团里，后背发紧。巴特就在不远处的院子里蹲着，巴尔虎看着那健硕的背影越来越小，越来越憔悴，缩成一个小老头的佝偻身影。他决定不找连长巴特，转而大声朝走廊喊："指导员——电话——"

秦恩东闻声跑来，"哪的？""团里，找主官。"秦恩东和巴尔虎对视一眼，示意巴尔虎走开，秦恩东深吸一口气："喂，首长好。"

团领导只告诉秦恩东，军医队巡诊结束，军驼队要在下午派沙地摩托把三位军医送回团里。军医队来，为军驼队的留存争取了不少机会和时间，但是军医队要走，军驼队再无可靠的支点，秦恩东硬着头皮，问了一句："首长，命令收到，保证完成任务。就是，还想请问……我们队的情况。""情况？应该快了，你们这段时间完成的任务军区领导还点名表扬了。但是小秦啊，咱们受到表扬也说明不了问题，动物编制裁不裁撤跟它受不受表扬，没啥关系，知道了哇？那得看整体规划，知道了哇？咱们再等等，再等等啊，你可把巴特那小子给我稳住啊。"秦恩东犹豫报告军驼队有一峰驼意外身亡的事，转念一想，上级给军驼队每年两峰骆驼的死亡名额，他们好几年没用上过，在这个时候直接报备团首长显然于情于理皆不合适，他便应答"是！"等那边响起"嘟嘟"声，秦恩东放下电话。

送军医队走的时候，王晓彤跟军驼队每个人握手告别。自己不是兽医，这次巡诊对于她收集课题研究案例没有什么帮助，但许是参与了军驼队最严酷的情状，不到一个月的时间，王晓彤不仅对人，对这里的每峰骆驼都充满感情。军驼队真的像传说中的不分人和骆驼，所有的生物在一起都是战友，这在她以往的从医经验和人与动物关系的认知里，是新的一页。她想因为他们是牧羊海子的人，因为它们是牧羊海子的骆驼，这片纯净得只剩沙漠的海子，才有了这么纯粹的一帮人和动物。

　　跟战友们一一握完手，王晓彤走进驼棚，她要抚摸每一峰骆驼，走到孟和跟前，巴尔虎就站在孟和一侧。为了避免与王晓彤有握手的动作，巴尔虎佯装喂驼进了驼棚，但两个人还是狭路相逢了。王晓彤主动伸出手，她早就暗自承认自己将军驼队的战士和骆驼与一般男人、一般动物看待的思维何其错误，她想用真诚的眼神让巴尔虎看见她的抱歉，所以无论巴尔虎原谅那场误会与否，她毫不犹豫地伸出右手。巴尔虎脸红了，不为别的，他从"偷窥事件"后一直对王晓彤心有芥蒂，没想到她今天的举动立时显出巴尔虎的狭窄逼仄。巴尔虎手掌在裤子上蹭了几下，伸出手去。终于，他们的误会之冰被这一握手焐化了。

　　军医队走后，不属于军驼队本身的集体和个体就算全部正式离开了，军驼队又回到了原来的样子。雪世界里围起的这方"无雪"的院子，又响起"哼哈"的训练声。巴特像原来一样，每天从早操起开始盯训。但他也明白，再怎么把军驼拉回到原来的轨道，一切也都回不到原来的样子了。他不是原来的他，他有那么多问题需要消化理解，关于彩霞，关于莲花，关于黛青塔娜，关于军驼队；军驼队变了，添了新驼失了老驼，战友们为短短一个月内的任务和变故应接不暇。与军驼队有关的一切都因为这场白灾走向了他再不可控的局面。他还是做不到任由军驼队听人安排，但他知道，终于有一些事情，不是自己意愿所能掌控。他感觉自己好像从来没长大，直到这场雪开始的时候，他才把脚伸进牧羊海子的沙漠，开始成长。

期盼

蜃 景

　　这里是上海，我是彩霞。时值 2019 年冬月，距离我离开
牧羊海子，已十年。上海在急速飞转中日新月异，我被裹挟进
时间的车轮，匆匆行走在时光里。除了依然瘦长的身形，身边
还添了两个男人：他和我们的儿子。我俩虽来自一南一北不同
地域，好在一直还算合拍，结婚五年没有红过脸的争吵。也许
是父子俩骨子里流淌的长江血，使生活习惯成为我们生活中最
大的矛盾冲撞点。儿子很小就学会自理，揉着与自己胳膊一样
长的父亲的袜子，站在洗手间小板凳上，帮他洗袜子。水龙头
里的清水白花花地往下水道里奔腾，儿子一边洗袜子一边玩水，
任由水倾泻，没有关上的意思。十分钟前，我就在厨房听见水
声，因为要坚持鼓励式教育，我忍着心疼，紧攥抹布站着听了
十分钟水声。在第十一分钟，几句简单的对话后，我单方面与
儿子发生了激烈的肢体冲突，以大人和小孩对比悬殊的身材和
更加洪亮的嗓音。

　　那一晚，他的父亲也是婚姻中第一次与我一夜无语。他理

解不了我们的家庭完全能够支付得起十分钟的流水钱，何以如此大动干戈。我此前为节水的事情解释过，他们二人虽有时硬着头皮照章执行，只是因为爱，而非因为理解。如若解释有用，也就不需要现实倥偬了。

恰逢儿子寒假，我以探亲旅游的名义，第一次三人同行回往牧羊海子。不体验巴丹吉林沙漠的旱，怕是永远也体会不了我因水而来的暴怒与小气。两天一夜的颠簸，我们下了火车。今年是个冷冬，但牧羊海子没有像十年前大雪纷飞，甚至连小雪也没有下起过。牧民都说天愈发干了，连雪都不愿意往牧羊海子下了。与我的预见大相径庭的是，家乡的包容力竟如此强大，父子二人竟平和地与干旱相处，丝毫没有不适和反抗。他们乐于新鲜的生活体验，无暇与我走西串东。我就只身从嘎查东头开始转，嘴上说的是看看变化，其实拔脚直奔军驼队。

太阳圆圆的悬在东南角，沙漠上岚光漠漫，不可测的邈远用山水湖泊的蜃景迷惑着我，也诱惑着干旱的沙漠。自打跟随母亲来到这，就没见过我们牧羊海子有海子，今天是头一回。"湖水"在沙漠上荡漾，还没走到军驼队，就见一个赶驼的背影。忽地，大群骆驼踏过，把蜃景中的湖水给搅碎了，连带赶驼人的影子。那些骆驼眼熟得很，那个背影也是。只是骆驼们不再挂着军字符，赶驼的那人也没有穿着军装。沙漠为他，为它们，为我，勾勒的这方迷幻的真实，终于让我在接近不惑之

年时理解家乡，明白"牧羊海子"的由来。

我们这里，不论万年前。只说万年来，应是无海子的。这汪海子只在牧民们的心里和梦里，在曾经的军驼队的心里和梦里，在我的心里和梦里。我再转头，发现巴特也望向我这边。我准备不打招呼，我怕我一出声，把湖水吹皱。还是他更勇敢，从怀里掏出一把火不思：

大雁呀在头顶飞翔

湖水呀就悠悠地漾

去年的太阳呀挂在今年的天上

从前的我呀你别忘

我就在这海子上

嘚儿嘚儿　呀嘚儿嘚儿

骆驼驼　你慢慢儿走

骆驼驼　想起泪眼流

巴特的声音，也老了。我的眼睛太小，装不下两行泪。